AF397476

För den som växte upp i skuggorna av andras sanningar – din egen röst är värd att höras. Historien må vara skriven, men den kan alltid förändras. Utan reflektion och uppgörelse med det förflutna, riskerar vi att återskapa de mönster som en gång förstörde oss.

Moss Palm

LEDAREN

Han byggde en värld åt sig själv,

och kallade den sanning.

En psykologisk thriller

Illustration: Moss Palm
Korrekturläsning: Moss Palm

Förlag: BoD · Books on Demand, Östermalmstorg 1,
114 42 Stockholm, Sverige, bod@bod.se
Tryck: Libri Plureos GmbH, Friedensallee 273,
22763 Hamburg, Tyskland

ISBN: 978-91-8080-992-4

Kära läsare,

I en värld där sanningen ständigt omformas och där varje individ söker sitt syfte, finns det en fråga som många av oss undviker att ställa: *Vad händer om vi är de enda som kan skapa vår egen verklighet?*

Det här är en berättelse om en man som trodde sig vara utvald, en man som byggde en värld omkring sig – en värld som han kallade för sanning. Han skapade sin egen spegelbild, formade den till något mäktigt och obegränsat, och förlorade sig själv på vägen. Det började i barndomen, i tystnaden av en förlorad själ, och genom hans resa genom ruinerna av det han skapade, ser vi en av de farligaste illusionerna av alla – tron på att vi är mer än vi egentligen är.

Denna psykologiska thriller handlar om ensamheten som ofta växer i skuggorna av andra människors liv, om hur vi kan formas av smärta och överlevnad, och om den kamp vi alla känner när vi ställs inför våra största rädslor – att vara obetydliga, att inte bli sedda eller förstådda.

Jag har skrivit denna bok inte för att förklara världen, utan för att visa på de krafter vi bär inom oss själva. Vi bär alla på en historia, och ibland måste vi bryta den för att förstå vem vi verkligen är. Vad händer när vi inte längre kan gömma oss bakom vår egen bild av världen? När vi måste möta den vi blivit, utan förlåtelse eller ursäkter?

I slutändan är det inte historien som definierar oss, utan det sätt på vilket vi ser oss själva i den.

Förhoppningsvis kommer den här boken att få oss alla att reflektera, inte bara över ledarskap och makt, utan också om de val vi gör och de mönster vi skapar för oss själva. För, som vi alla vet, det förflutna kan vara en fälla om vi inte vågar se på det och lära oss från det.

Detta är en berättelse om att skapa, att förlora, och att förstå att vi måste först falla, för att sedan resa oss.

Välkommen till *LEDAREN*.

Moss Palm

Del I: Upphöjelsen

"Den store Ledaren skall upphöjas av folket, men stormarna skall riva hans rike."

E T T

Profetian

Han svävar.

Eller nej—han faller.

Luften är tung av aska, den fastnar i hans strupe som om världen försöker kväva honom. Ruinerna under honom sträcker sig i alla riktningar, svarta skelett av byggnader som en gång bar hans namn. Stål och betong har böjt sig i smält sorg, vägarna är spruckna, och gatorna ekar tomma. Inte en människa i sikte.

Han försöker minnas.

Hans händer är rena. Inte en droppe blod. Inte en skråma på huden. Han sträcker dem framför sig, långsamt, betraktar dem i det svaga ljuset som sipprar genom rök och damm. Felfria. Som om han aldrig rört vid världen, aldrig förändrat den.

Men han vet att det här är hans skapelse.

Han rör sig genom ruinerna, svävande, tyngdlös som en ande, men ändå fast i en kropp han känner som sin egen. Han söker efter röster, efter skuggor av liv. Var är folket? Var är de trogna? De som sjöng hans namn?

Tystnad.

Han försöker tala men orden dör i strupen. Munnen formas, men ingen röst bryter igenom den svarta luften. Något inom honom bultar, en känsla han inte känt på åratal. Rädsla?

Nej.

Han är den utvalde.

Han vet att det här är en prövning.

Och han minns...

Plötsligt slungas han bakåt, in i ett minne som slår honom likt en blixt genom mörkret. Han ser sig själv, yngre, starkare, stående framför folkhavet. Deras händer höjda mot skyn, deras munnar öppna i hyllningar. Han minns känslan – värmen, kraften som strömmade in i honom. Upphöjelsen. Det ögonblick då världen accepterade honom, insåg sanningen:

Han var mer än en man.

Och sedan—stormen.

En katastrof som rensade marken, som om universum ville pröva honom. Testa hans gudomlighet. Han såg de fallande byggnaderna, de vilda skriken, men han kände ingen rädsla. Bara vissheten:

Han skulle överleva.

Han skulle stå kvar när allt annat föll.

Nu, tillbaka i ruinerna, ser han sig omkring och förstår. Han är ensam, men det måste vara en del av prövningen. En profetia uppfylls alltid.

Och om han är den siste kvar...

...betyder det att han har segrat.

Han söker.

Hans steg ekar över det som en gång var en stad. Skyskrapornas krossade skelett reser sig mot en himmel utan färg, utan ljus. Det enda som återstår är dimma och damm. Gatans asfalt är sprucken, smält av eldstormar han inte minns. Men han vet—detta var hans rike.

Och nu är det tomt.

Han går vidare, lyssnar efter röster, andetag, hjärtslag. Ingenting. Han ropar. Första gången lågt, som en viskning. Sedan högre, en befallning. Till slut vrålar han så att ruinerna skakar.

Ingen svarar.

Hans bröstkorg rör sig hastigt. Ilskan växer inom honom, den gamla, trygga ilskan som alltid dolt allt annat. De sviker honom. De har lämnat honom. Han stryker en hand genom håret, försöker samla sig.

Nej. Det finns ingen anledning till panik.

Han är den utvalde.

Detta är en prövning.

Han fortsätter framåt, förbi utbrända bilar och raserade monument, förbi skyltfönster som reflekterar hans ensamma gestalt. Hans egna ögon möter honom i spegelbilden – mörka, vidöppna. En skugga av en gud.

Så ser han något.

Där, vid vägkanten, en figur! Någon sitter lutad mot en vägg, ansiktet dolt i knäna. Pulsen ökar. Han skyndar fram, hjärtat slår hårt.

"Res dig," säger han.

Figuren rör sig inte. Han sträcker ut en hand, nuddar den främmande axeln. Tyget faller ihop i en hög. En tom rock.

Han stirrar.

Sakta vänder han sig om. Något i bröstet blir tyngre, sjunker som en sten i djupet. Han söker vidare. Längre ner på gatan, i gränderna, genom dörrar som svänger på sina gångjärn. Han river upp gardiner, öppnar bildörrar, tittar under bråte.

Men allt han hittar är ekon.

En lekplats där en ensam gunga gnisslar i vinden. En rad stolar framför en scen, alla tomma. Kvarlämnade kaffekoppar, innehållet stelnat till brunt damm.

De är borta.

Alla.

Och plötsligt förstår han.

Det har aldrig funnits några andra själar.

Han var alltid ensam.

Han minns.

Minnet slår honom som en storm. Ett ögonblick är han ensam i ruinerna, nästa står han åter på scenen. Ljusen bländar, folkmassan vrålar hans namn. Hans hjärta bultar, men inte av rädsla—av triumf.

Han höjer händerna. De jublar ännu högre.

Han minns värmen från människorna, hur deras röster förenades i en hymn av dyrkan. Han minns hur världen förändrades i den stunden. Inte världen som den var, utan världen som den alltid borde ha varit—i hans avbild.

Han hade sagt orden.

"Jag är här för att rädda er."

Och de hade trott honom.

En elektrisk rysning hade vandrat genom hans kropp när han insåg det: detta var ingen seger. Det var en upphöjelse. En bekräftelse. Som om universum äntligen hade rättat till sitt misstag.

Han minns de blanka ögonen i publiken. Deras hunger. De behövde honom, mer än de ens förstod.

Och då, just då, föll stormen över dem.

Ett åsknedslag i horisonten. Mörka moln som rörde sig som levande skuggor över staden. Regnet slog ner som spik i marken, vinden ylade som en varg.

Men han stod orörlig.

Han såg kaoset, människorna som hukade sig, paraplyer som vändes ut och in, flaggor som slets ur händer. Han hörde vrålen, paniken.

Men inte en droppe föll på honom.

Han minns hur han såg upp mot himlen, och för första gången i sitt liv kände det som om den såg tillbaka.

Han minns sina egna ord, knappt hörbara, men laddade med en ny säkerhet:

"Jag är den utvalde."

Och han minns att han trodde det.

Hela sitt liv hade han väntat på bevis. Och där, i stormen, förstod han: det fanns ingen annan.

Bara han.

Och folket såg honom. De såg honom och visste. De såg honom och föll ner på knä.

Och han lät dem.

T V Å

Valet & Uppenbarelsen

Det var aldrig en fråga om om han skulle vinna.
Bara när.

Han satt i det mörklagda rummet, skärmarna framför honom kastade blått ljus över hans ansikte. Grafiken rullade över skärmen—siffror, diagram, stater som föll en efter en. De sa att det var en chockseger. Ett mirakel. Men han visste.

Han hade alltid vetat.

Det fanns ingen annan än han. Folket kunde ha låtsats tvivla, kunnat hålla fast vid illusionen av val, av demokrati. Men i slutändan var de som barn, och barn behöver en fadersfigur. Någon som visar vägen. Någon som ger dem en sanning, en riktning.

Och han var den sanningen.

Han lutade sig tillbaka, lät ljuden skölja över sig— nyhetsankare som stammade, analytiker som försökte förklara det oförklarliga. Hur kunde detta hända? Hur kunde folket, tvärtemot alla prognoser, ha vänt sig till honom?

De förstod ingenting.

Men han förstod.

Detta var förutbestämt. Skrivet i stjärnorna. En osynlig kraft hade format världen enligt hans vilja. Han såg det som en schackspelare ser sina pjäser—varje attack, varje skandal, varje lögn som kastats mot honom hade bara stärkt hans ställning. För allt han rörde vid förvandlades.

De kallade honom ett hot.

Och ändå hade folket röstat på honom.

De kallade honom en galning.

Och ändå jublade folkhaven utanför, tusentals och åter tusentals som skanderade hans namn. De grät, de föll ner på knä, de höll upp händerna som om han redan var en helgonbild, en ikon.

Han reste sig långsamt, gick mot spegeln på väggen. Hans reflektion såg på honom. Han log.

"Det var alltid meningen."

Och när han blinkade, tyckte han nästan att spegelbilden blinkade en halv sekund efter honom.

Jublet utanför var öronbedövande. Hans folk, hans armé av troende, fyllde gatorna som en flodvåg. De skanderade hans namn, höjde händerna mot himlen som om de bad.

Han stod vid fönstret i skyskrapan, blickade ner på dem. Han kände deras energi, deras hängivenhet. Detta var mer än politik. Det var en uppenbarelse.

Då kom stormen.

Himlen sprack upp med ett vrål. Ett sken av blixtar rev genom molnen, som vred sig över staden i febrig desperation. Vinden tjöt mellan byggnaderna, slog mot fönsterrutorna som om världen själv försökte ta sig in.

Larm började ljuda. En orkan var på väg in mot kusten.

Bakom honom stormade hans rådgivare in i rummet. De pratade i panik, nämnde evakueringar, katastrofberedskap. Någon drog upp en telefon, en annan pekade mot en väderkarta.

Han hörde dem inte.

Han såg på gatorna.

Folkmassan som nyss jublat började skrika när regnet föll över dem, hårt som spik. Paraplyer vändes ut och in, flaggor slets ur händer. En blixt slog ner på ett hustak, och lågorna slickade betongen.

Men mitt i kaoset såg han något annat.

De föll ner på knä.

I regnet, i stormen, i mörkret—de bad. Till honom.

Hans andetag blev långsammare. Hans fingrar slöt sig runt fönsterkarmen. Han såg sin spegelbild i glaset, mörk och skarp, med stormen rasande bakom sig.

Han vände sig om, gick förbi de babblande rådgivarna och öppnade dörren till balkongen.

Vinden slet i honom, men han stod stadigt. Han höjde händerna. Regnet träffade hans ansikte som tusen nålar, men han blundade inte. Han lät det rena honom.

Och sedan—vinden dog.

Sekunder blev minuter.

Gatorna låg stilla. Som om världen höll andan.

Hans kläder var dyblöta, men han kände ingen kyla. Han sänkte sakta händerna och såg ut över folket.

De stirrade upp på honom.

I det ögonblicket visste han.

Det var inte stormen som testade honom.

Det var han som testade dem.

Och de föll. De föll på knä, en efter en, för att hedra honom.

Ett leende drog över hans läppar.

"Jag är den utvalde."

Hans röst var låg men fyllde ändå rummet. Orden föll som en dom. Som en sanning som alltid hade funnits där, väntandes på att uttalas.

Rådgivarna stelnade. Blickar möttes, snabba och nervösa. Någon rörde sig obekvämt i stolen, en annan öppnade munnen som för att säga något men stängde den igen.

Han såg dem. Han såg rädslan i dem.

Inte rädslan för stormen där ute. Inte rädslan för katastrofen.

Rädslan för honom.

Han lutade sig tillbaka i sin stol. Njöt av ögonblicket. De började förstå nu.

Långsamt vände han sig mot skärmen där nyhetsankarna fortfarande kämpade med att förklara det oförklarliga. Hur kunde en man som han ha vunnit? Hur kunde stormen komma samma kväll som hans triumf? Hur kunde ett kaos som detta kännas förutbestämt?

De förstod ingenting.

Men han förstod.

Han hade sett det hela sitt liv. Sett hur människor böjde sig för styrka. Hur de behövde någon att följa, att

dyrka. Han hade lärt sig att makt inte låg i sanning—
den låg i övertygelse.

Och han var övertygad nu.

Stormen hade inte kommit för att förgöra honom.

Den hade kommit för att bekräfta honom.

Han reste sig, gick långsamt mot spegeln vid
rummets bortre vägg. Hans reflektion såg tillbaka,
suddig och skiftande i skenet från skärmarna. Han
höjde handen, och spegelbilden höjde sin.

Men för ett ögonblick var det något som inte
stämde.

Spegelbilden log innan han gjorde det.

Han blinkade.

Det var borta.

En rysning gled genom honom. Inte av rädsla. Av
insikt.

"Jag är den utvalde."

Orden ekade i hans huvud. I rummet. I världen.

Och han visste—det fanns ingen väg tillbaka.

TRE

Barndomsåterblick – Den Ensamma Gossen

"Pojkar gråter inte."

Fadern sa det utan att höja rösten. Orden föll som en dom, definitiva och kalla.

Den lilla pojken stod rak i ryggen, händerna knutna bakom sig. Smärtan brände i hans knogar, men han rörde dem inte. Han hade slagit dem hårt mot bordet. För hårt. Det hade knakat, men han visste inte om det var hans hand eller träet.

Fadern satt mittemot honom i det tunga ekbordets skugga. Långa fingrar trummade rytmiskt mot bordsskivan. Blicken var fast, granskande, som om han vägde pojken och fann honom lätt.

"Pojkar gråter inte."

Den lilla gossen svalde. Varmt och stickande brände det bakom ögonlocken, men han blundade hårt och lät smärtan rinna inåt. Ett fängelse i bröstet där ingen någonsin kunde se.

Hans mor satt längre bort i rummet, vid fönstret, ansiktet dolt i skuggor. Hon sa ingenting.

Hon sa aldrig någonting.

Han ville att hon skulle se på honom. Säga något. Kanske lägga en hand på hans axel, viska att han var stark ändå. Men hennes ögon var riktade utåt, mot något långt bortom fadern, bortom bordet, bortom honom.

Fadern lutade sig fram.

"Om du inte kan kontrollera dig själv, pojke, kommer andra att göra det åt dig."

Rösten var stadig, utan spår av känsla.

Pojken andades in, fyllde lungorna tills de brände, och släppte sedan ut luften i en långsam, tyst suck. Han ville skrika. Ville slå. Ville att någon, någon, skulle röra vid honom.

Men han gjorde ingenting.

Och modern sa ingenting.

Och fadern log sakta, som om han sett något djupt inom sin son och insett att han vunnit.

Den kvällen låg pojken vaken i sin säng och stirrade upp i taket. Han tänkte på styrka. På makt.

På att aldrig mer låta någon få honom att känna så där igen.

Aldrig mer.

Han var åtta år gammal när han för första gången förstod det.

Det hände i skolan. På rasten. Han stod ensam vid stängslet medan de andra barnen lekte. Deras skratt skar genom luften som vassa knivar. Han hatade det. Inte för att han ville vara med dem, utan för att deras glädje var en påminnelse om det han själv saknade.

Då kom pojken. Större, starkare. Med ett leende som inte var vänligt.

"Vad stirrar du på, knäppskalle?"

De andra barnen tystnade.

Han sa ingenting. Rörde inte en min.

Pojken tog ett steg närmare, knuffade honom lätt på axeln. Inte hårt, men tillräckligt. Han kände hur det brände inombords, hur ilskan slet i honom, ville ut, ville explodera.

Men han höll den inne.

Fadern hade lärt honom det.

"Den som visar svaghet, förtjänar att krossas."

Så han lät det hända. Lät pojken knuffa honom igen. Lät honom skratta.

Men han såg på honom. Rakt in i hans ögon. Länge. För länge.

Något förändrades. Skrattet dog ut. Pojkens ögon flackade.

Han såg rädsla.

Och i det ögonblicket förstod han.

Smärta var inget hot. Det var ett verktyg.

Om han kunde bära den, uthärda den, kunde han också ge den.

Och den som ger smärta, den som styr den—den har makten.

Han lutade sig långsamt framåt, så nära att han kunde känna pojkens andedräkt.

"Du vet inte vad du just gjorde." sa han lågt.

Det var ingen hotfull röst. Ingen desperation. Bara en lugn sanning.

Pojken tog ett steg bakåt. Och ett till.

Sedan gick han.

Och något inom honom—den ensamma gossen—
föll på plats.

Det här var nyckeln.

Aldrig mer rädsla.

Aldrig mer smärta.

Bara makt.

Det hände en vinterdag. En sådan där kylan högg
genom märg och ben, där världen var vit och tyst och
frusen.

Han var tio år gammal.

Hans far hade tagit med honom ut på isen, långt
bort från huset. Det var ingen lek. Det var aldrig lek
med fadern. Det var ett test. Alltid ett test.

"Män måste kunna stå på egna ben."

Pojken visste att han måste klara det. Fadern
betraktade honom med den där granskande, dömande
blicken. Han kunde höra hans röst i huvudet även om
han inte sa något just då.

Så han gick. Rakt ut. Lät inte kylan nå honom, lät
inte rädslan ta fäste.

Sedan kom ljudet.

Ett skarpt, sjungande knak.

Isen sprack under honom.

Allt hände på en sekund. Han föll genom ytan,
vattnet slet honom neråt, en knivskarp kyla som skrek
genom hans kropp. Han försökte simma, men kläderna
blev till järn, armarna tunga, lungorna skrek efter luft.

Han såg ljuset ovanför. Genom isen. Avlägset, som
om det tillhörde en annan värld.

Och där—där i djupet, i kylan, i tystnaden—var det
som om någon såg på honom.

Han kunde inte förklara det. Inte ens senare.

Men han kände det. En närvaro. En röst utan ord.

En sanning.

"Du är menad för mer."

Han kunde inte känna kroppen längre, men han kände insikten. Något stort, något större än honom själv, något som drog honom uppåt.

Och plötsligt—ett hårt ryck.

Fadern. En iskall hand som grep hans arm, slet honom upp ur djupet, kastade honom på isen som om han var en död fisk.

Han hostade, kippade efter luft, kände elden i sina lungor.

Och fadern stod där, ovanför honom. Utan minsta spår av oro i ögonen.

Bara något annat. Något kallt. Något beräknande.

"Du dog inte." sa han till slut.

Pojken sa ingenting.

Men han visste.

Han borde ha dött.

Han skulle ha dött.

Men han gjorde det inte.

För att han var utvald.

Det var meningen.

Fadern sträckte ut handen. För första gången i sitt liv tvekade han om han skulle ta den.

Men han gjorde det.

Och den natten, när han låg i sängen och stirrade upp i mörkret, kände han det fortfarande.

Närvaron.

Den tystlåtna, osynliga rösten som viskade:

"Du har en högre uppgift."

Och han trodde på det.

FYRA

De första reningarna

Det började med små, nästan obetydliga ord. En journalist som ställde en fråga under en presskonferens. En kort kommentar på ett kontroversiellt beslut. Ett ifrågasättande av hans politik, hans metoder, hans vision. I början var det enkelt att ignorera det. Han var överlägsen. Han var den utvalde. Ingen skulle kunna rubba honom.

Men sedan började det sprida sig. Och det var då han kände den första verkliga kylan.

En kväll, när han satt ensam på sitt kontor i Vita Huset, bläddrade han genom tidningarna. På första sidan fanns rubriker om hans senaste misslyckande — en diplomatiskt katastrofal intervju, där han blandade ihop viktiga fakta. Förtroendet var i fara, skrev de. Hans ledarskap ifrågasattes på allvar.

Han kände värmen från lamporna på sitt skrivbord, men det var något kallt i luften. Hans blick stannade på en bild—en bild av honom, där hans ansikte såg märkbart trött och plågad ut. Det var inget han var van vid.

Och något började gnaga i honom.

De sa det inte direkt, men han hörde det. "Kanske han inte är den vi trodde."

Men han var inte som de andra. De var svaga. De var osäkra. Han var stark. Han var utvald. Så varför skulle han behöva förklara sig för dem?

Så han gjorde det han alltid hade lärt sig. Han greppade makten med ett fast, oförsonligt grepp.

Dagen därpå höll han en presskonferens. Hans ansikte var hårt, oförändrat. När journalisterna började ställa sina frågor om hans beslut—om hans tillkortakommanden—började han tala.

Men det var inte för att svara på deras frågor. Det var för att kontrollera. Han vände varje fråga till sin egen fördel. Om någon försökte kritisera honom, gjorde han dem till fiender.

"Det är klart att ni inte förstår," sa han med en kall och genomträngande röst. "Ni har aldrig varit i min position. Ni har aldrig haft den styrkan. Ni vill ha förtroende? Ni vill ha respekt? Då måste ni visa det genom att följa. Inte ifrågasätta."

Han såg på journalisten som vågade ställa den kritiska frågan. Blicken var som en kniv. Hela rummet kändes plötsligt kallt. Han lutade sig fram, nästan som om han ville vara säker på att hans ord gick fram till den enskilde journalisten, och hela världen som följde med.

"Och till er alla här, som tror ni kan stå emot mig," sa han, och det var något nästan rituellt i hans ton, något gammalt och obevekligt, "Världen kommer att rensas. Jag kommer att rensa bort de svaga, och de starka kommer att stå kvar."

Rummet blev tyst. Hans ord hängde kvar i luften som en tung dimma.

Där och då, i det ögonblicket, visste han att han hade vunnit. Inte bara över journalisterna, men över världen. Han skulle inte låta någon förstöra det han byggt.

Dagen efter började ryktena sprida sig. De som hade ifrågasatt honom började försvinna. Några förlorade sina jobb. Andra fann sina liv genomsyrade av offentliga skandaler.

Och han var fortfarande där. Större. Starkare. Oförstörd.

Men samtidigt, långt där inne, där han kanske inte ens ville erkänna det för sig själv, började han undra: Hur länge skulle det hålla? För ju mer han försökte kontrollera, desto mer förlorade han något väsentligt — något han inte ens visste att han behövde.

Och det var där, just där, som den första sprickan visade sig.

Ledaren satt vid sitt skrivbord, fingrarna tappade rytmiskt mot det kalla, polerade träet. Hans blick var riktad mot skärmen framför honom, där tidningarna och nyhetskanalerna lyste med rubriker. Kritiska rubriker. Den senaste i raden av attacker.

Den senaste journalisten som utmanat honom var redan en paria. Hennes ansikte hade dykt upp på tv, där hon, med en självsäkerhet som han föraktade, kritiserade hans senaste beslut. Hennes artikel var full av spekulationer och beskyllningar. Och för honom var det som att höra en enda lång, hotfull viskning, som en skugga han inte kunde skaka av sig.

Men han skulle inte låta detta fortsätta. Det var så lätt att hantera dessa människor, så lätt att bryta dem.

Där, i tystnaden, formades hans plan.

Han visste att han hade makten att krossa dem, och han skulle göra det med precision. Med förfalskade leenden och en mästerlig manipulation. Han var inte den typen som bara svarade på kritik: han var den som såg till att kritik inte längre fanns.

Det första steget var smutskastning. Han kallade in sitt team. Hans kommunikativa strategi var enkel: om du inte kan vinna över dem med sanningen, vänd på den. Skapa kaos i deras värld. Få dem att tvivla.

"Se till att ingen någonsin tvivlar på vad de hör om henne," sa han kallt, och såg på den ansvarige för PR. "Fördela ryktena, få folk att tro att hon har kopplingar till fientliga krafter. Att hon är en fiende av nationen."

Det var inte långt senare som falska anklagelser började spridas. En "anonym källa" uppdagade att journalisten i fråga hade haft privata möten med utländska representanter, något som skulle ha varit otänkbart i den politiska kontexten. Några dagar senare, en smyghändelse där hon föll för sina egna lögner—en liten, oskyldig detalj som hon inte ens var medveten om.

Det var allt som behövdes för att väcka tvivel. Ingen skulle längre lita på henne. Hennes integritet var nersolkad. Och även om ingen exakt visste om hennes påstådda förräderi, var skadan redan gjord.

Men det var inte tillräckligt. Smutskastning var bara början. Han var mästare på att spela på människors svagheter. Därför var nästa steg en väv av lögner, ett nät där hans fiender skulle trassla in sig själva utan att ens förstå hur.

Han satte igång sitt nätverk av troll, sina lojala människor som genomsyrade alla sociala kanaler. De började skapa falska konton, sprida skvaller, överdriva små misstag till skandaler, och framför allt: få hennes rykte att bli associerat med ord som "osäker", "opålitlig", och "farlig". I en värld där varje ord räknades, var det här den dödligaste typen av krig.

När lögnerna var på plats, var det dags för hoten. Och hoten var alltid mest effektiva när de kom med ett ansikte. När de var personliga. Och han hade alltid sina metoder.

Han ringde henne. Hennes röst var svagare än han väntat sig, fylld med en osäkerhet som inte fanns när han såg henne på tv. Hon var inte den där tuffa, självsäkra reportern längre.

"Ni har ödelagt mitt liv," sa hon, hennes röst darrade, som om hon visste att det inte fanns någon väg ut.

Han kunde höra det. Den lilla, svaga gnistan av rädsla i hennes ord. Och det var då han slog till.

"Det här är bara början," sa han och pausade, lät orden hänga i luften. "Om du inte slutar... Jag kan garantera att varje steg du tar kommer att vara övervakat. Din karriär. Din familj. Det går inte att gömma sig från mig."

När han lade på luren kände han inget. Inget som ens liknade skuld. För honom var det bara affärer. Om de inte lydde, förlorade de. Och han... han hade inte förlorat något på åratal.

Inom en vecka var hon tyst.

Ryktena hade spridits till alla hörn av världen. Ingen skulle längre tro på henne. Hon var den förlorade. Och han var den som hade vunnit.

Och så, en efter en, skulle de alla komma att falla. Det var bara en fråga om tid. Han skulle rensa världen från de svaga, de obekväma, de som ville stå i vägen för hans storhet.

Det var en kylig morgon när Ledaren satte sig bakom sitt skrivbord och blickade ut genom fönstret, där den gråa himlen sträckte sig långt bortom horisonten. Han såg på det massiva komplexet som Vita Huset var – en plats som var lika mycket hans trontårn som hans fängelse. Det var härifrån han skulle regera. Härifrån han skulle skapa ordning i en värld som, enligt honom, var på väg att gå under.

Han satte en hand mot det kalla glaset och såg hur världen nere på gatan fortsatte sin gång. De gick, de levde, de existerade utan att förstå. Han kände det som om han såg på dem som en gud – eller åtminstone, som en person som var förutbestämd att vara en. De var inte värdiga att vara där. Hans värld var en värld där endast de starka skulle stå kvar.

De svaga... de var bara hinder.

Det var då han hörde rösten, den inre rösten som han lärt sig att lyssna på. Rösten som inte tillhörde någon annan än honom själv.

"De svaga måste bort."

Han släppte blicken från fönstret och satte sig tillbaka i stolen. Där var han. Ensam. Omringad av makt, men också av ångest. Den här tanken hade alltid funnits där, bortom ytan, långt ned i hans medvetande. Men nu var den klarare än någonsin. I varje beslut, i varje handling, var det hans plikt att rensa världen. För att göra den starkare. För att skapa ordning.

De som inte förstod honom, de som kritiserade honom, de som inte tillhörde hans vision – de var svaga. Och svaga människor hade ingen plats i den nya världen han skulle bygga.

Han visste att han var förutbestämd för storhet, och han skulle inte låta några andra stanna honom. Så fort han hörde om en ny kritiker, ett nytt missnöje, ett nytt tvivel, var hans första tanke alltid samma: De måste rensas ut.

Hans största fiender var inte de som öppet talade emot honom, utan de som gjorde det i skymundan. Och där fanns alltid de som var villiga att stå vid hans sida, de som var redo att offra de andra för att hålla sin egen makt intakt.

Så när hans rådgivare kom in för dagens möte, var Ledaren redan klar över vad som behövde göras.

"Jag vill att ni ser till att de som inte stödjer oss får betala ett pris," sa han, med den kyliga auktoriteten som alltid fanns i hans röst.

Hans rådgivare, en man som länge varit lojal, såg på honom med osäkerhet i blicken. Men han var för rädd för att säga något. För rädd för att tveka. Ledaren var den här världens räddare, och den som inte såg det, förlorade.

"Vi ska markera för alla. De som inte följer kommer att förlora sitt inflytande, sina röster. Jag vill att ni ska tysta dem." Hans ord var skarpa som krossat glas och skar genom rummet.

Det var inte bara tal om media, kritiska journalister eller protesterande människor. Nej, det var också de som inte lyckades leva upp till hans perfekta vision för världen. De svaga var alla som inte passade in. De som tvivlade. De som var osäkra på hans väg. Och för att skapa den ordning han längtade efter, måste dessa individer rensas ut.

Inget var för stort, inget för litet. Världens svaga hade bara en väg ut. Och han skulle vara den som bestämde vilken väg det var. Han skulle krossa dem genom sitt skrämmande grepp. Det var så enkelt. Det var så rätt.

Han kände hur makten flödade genom honom, för det var här han var som bäst. Han behövde inte längre tveka. Han visste att han var den rättmätige härskaren över världen, och de svaga – de som var förlorade i sina egna liv och tankar – skulle bara vara i vägen. Han var redan Gud i deras ögon, och han skulle inte låta någon förhindra hans upphöjelse.

Och ju fler han tystade, ju fler han rensade bort, desto starkare skulle han bli.

När rådgivaren nickade och lämnade rummet, kände Ledaren en kall, men tillfredsställande känsla. Han var redo att ge världen den rening den behövde. Och om världen inte ville bli stark – om människorna inte ville följa hans väg – så var det deras eget val. De skulle förlora. Och han skulle stå ensam, högre än någonsin. För det var så här världen fungerade. Det var så här den alltid hade fungerat.

De svaga måste bort. Och de starka skulle stå kvar.

FEM

Den trogna lärjungen

Lärjungen hade varit med Ledaren från början. Han var en av de första som såg honom för vad han var – en ledare, en visionär. En man som hade förmågan att förändra världen. Han var den där typen av person som, när han hörde Ledarens tal, kände att en glöd tändes inom honom. Han såg inte bara en politiker: han såg en profet, en revolutionär. Och han ville vara en del av det.

Lärjungen hade växt upp i en värld där makt alltid var för de få, för de utvalda. Hans egen familj var inte fattig, men de hade aldrig haft den där gnistan av storhet. De var vanliga människor som satt på bänkarna vid sidan om, förlorade i sina egna liv. Men när han hörde Ledaren tala för första gången, var det som att en dörr öppnades. Han såg en väg, en möjlighet att bli något mer. En plats i världen där han inte längre skulle vara osynlig.

I början var han allt för Ledaren – hans trogna lärjunge, hans första anhängare. Han var den som lovordade varje beslut, varje ord Ledaren uttalade. Han följde honom med en orubblig tillit, en tillit som gick bortom politik, bortom resonemang. För Lärjungen var Ledaren inte bara en man: han var en symbol för något större, något mer heligt.

Han såg hur världen förändrades omkring dem. Hur människor började följa honom. Hur folk dyrkade honom som en gud. Och Lärjungen var där, varje steg på vägen, för att visa sitt stöd.

Allt eftersom månaderna gick, och makten växte, började små sprickor att bildas i Lärjungens tro. Det började med de första subtila tvivlen – små detaljer som han inte riktigt kunde förklara. Det var inte de stora skandalerna, inte de dramatiska uttalandena. Nej, det var de tystare sakerna, de små gliporna i Ledarens ögon när han var ensam, eller hur han talade till sina närmaste med en kylig förakt. Hur han talade om människorna som förlorare, som om de bara var brädor att ställa upp för hans spel.

Lärjungen ville inte se det. Han ville inte tro på det. Han hade dyrkat den här mannen, trott att han var den som skulle rädda världen. Men alltmer började det kännas som om han var på väg att skapa en värld av förintelse, snarare än att leda folk till något bättre.

Det var under en natt när de satt ensamma i ett mörkt rum, omgiven av gamla, dammiga böcker och kartor, som Lärjungen först riktigt kände tvivlet slå till. Ledaren satt framför honom, släppte ut en hånfull skratt och pratade om nästa steg i sin plan. Hans ögon var fyllda med något okontrollerbart – något nästan farligt.

"De svaga ska bort," sa Ledaren, och hans röst var som is, genomträngande och kall. "För att världen ska bli stark, måste vi rensa ut allt som inte hör hemma. Vi måste vara de som står kvar när röken har lagt sig."

Lärjungen stirrade på honom, hans hjärta slog snabbare än vanligt. Var det verkligen det här han hade kämpat för? Var det verkligen för den här visionen han hade gett så mycket av sig själv?

Men han sa inget. Inte den här gången. För han visste att Ledaren såg honom, att han visste vad han tänkte. Och Lärjungen visste också att han fortfarande hade ett val: att förlora sig själv i troheten till denna man, eller att finna styrka nog att ifrågasätta honom. Men vilken väg var den rätta?

Där i mörkret, med bara ljuset från en ensam lampa som kastade skuggor över hans ansikte, kände Lärjungen en oro som han inte kunde skaka av sig. En känsla av att han var fången i något större än sig själv.

När han gick ut genom dörren, på väg tillbaka till sitt rum, kände han en kall kår längs ryggraden. Han visste att han var på väg att förlora något. Det var som att stå på en bro som var på väg att rasa, men han visste inte om han skulle kunna hoppa bort i tid. Det var som om han var på väg att förlora sin egen själ, och Ledaren var den som höll honom fast.

En kväll, medan Ledaren höll ett tal inför tusentals, såg Lärjungen på honom från sidan av scenen. Han såg hans ansikte, den maktlöshet som lyste ur hans ögon. Men samtidigt såg han också den mörka glöden av kontroll, av en man som var på väg att förlora sig själv i sin egen tro på sin gudomlighet. Och Lärjungen visste, utan att behöva fråga, att något i honom hade förlorats för alltid. Han kände det djupt i sitt inre – den mannen han en gång dyrkade var inte längre samma. Och han, Lärjungen, var på väg att bli den som skulle behöva välja.

Det var början på en resa in i mörkret. En resa där Lärjungen inte längre var säker på var han hörde hemma.

Lärjungen står på avstånd, nästan osynlig i skuggorna av den storslagna ceremonin. Hans blick är fastfäst på Ledaren, som står på en upphöjd plattform framför tusentals förväntansfulla ansikten. Det är en scen som de har byggt för honom – den utvalde. Människor sjunger hans namn, dyrkar hans ord. Och där, i den massiva skaran, står Lärjungen och stirrar på honom, som om han ser honom för första gången.

Förut var han ledaren. Den store Ledaren. Men nu, när Lärjungen verkligen ser på honom, ser han något annat. Något mer. Han ser en man som inte längre kan hålla fast vid sin egen mänsklighet. Någon som förlorar sig i sin egen spegelbild.

Ledaren har förändrats. Hans tal är inte längre fyllda med visioner för en bättre värld, utan med hot och krav. Han står där, med huvudet högt, men ögonen... de är inte samma. Hans blick har förlorat all värme och blivit som två kalla speglar som reflekterar ett jag som inte längre är verkligt. Det är som om han inte längre ser människor, utan bara objekt – trappsteg på vägen mot hans gudomliga tron.

Lärjungen känner en klump i magen, en tryckande känsla som växer i hans bröst. För han vet nu, utan tvivel, att det inte är honom som Ledaren älskar längre. Han älskar inte längre mänskligheten eller de människor som följt honom. Ledaren älskar sin egen makt, sin egen bild av sig själv. Och Lärjungen, den trogna lärjungen, är bara ett verktyg, ett medel till ett mål han inte längre förstår.

Det var så länge sedan han såg honom på samma sätt. Förut hade han trott att Ledaren var den som skulle rädda världen. Han var den som talade om att en ny era skulle födas, att alla skulle ges plats i hans rike, där ingen skulle lämnas utanför. Men nu... nu har hans ord förlorat sin glans. Hans visioner är inte längre för folket – de är för honom själv.

Lärjungen ser på honom, hans händer knyts i en stram, nästan smärtsamt grepp. Var det här han hade skapat? Var han ansvarig för denna metamorfos? När Ledaren talade om "rensning", om att "de svaga måste bort", såg Lärjungen den iskalla hårdheten i hans ansikte. Det var inte en tal om förnyelse, inte längre. Det var en bekräftelse på att han var beredd att förgöra allt och alla för att uppnå sitt gudomliga syfte.

En del av honom ville blunda, ville säga att det var övergående, att hans rädsla var obefogad. Men varje gång han såg Ledaren, såg han hur han förändrades, hur han förlorade den där mänskliga touchen – den där glöden som en gång hade fått honom att känna sig viktig, som en del av något större. Nu var det bara en tom skepnad, någon som andades för maktens skull.

Det var under ett nattligt möte när Ledaren talade om sitt nästa stora projekt – ett projekt som innebar att utradera alla politiska motståndare, alla som inte lyssnade på honom – när Lärjungen kände den verkliga fruktan.

Han såg på Ledaren, som om han var en främmande varelse. "De är bara svaga människor", hade han sagt, och rösten var död, utan värme. "De är viruset i vårt system. Vi måste skära bort dem för att kunna bygga den nya världen. Ingen svaghet får finnas. Det är det enda sättet att överleva."

Lärjungen försökte hålla masken, men hans inre röst var högljudd, om än ängslig. "Har han förlorat sig själv helt? Är detta verkligen vad vi ska bygga?"

Men han sa ingenting. Det var för sent. Hans tro hade redan börjat spricka för länge sedan. Och ändå... han var fast. Han hade följt honom för långt. Fördärvet, den känsla av att han inte längre kunde lita på honom, var för stor. Han hade sett för mycket av Ledarens förvandling, för mycket av hans mörka, förlorade väsen.

Det var när Lärjungen ensam återvände till sitt rum, utan någon att dela sin oro med, som hans känsla av ansvar blev överväldigande. Han satt i mörkret och kände på allvaret av sina egna tankar. Tvivlet växte för varje dag som gick, men det var också en växande skräck i hans bröst – en känsla av att han hade släppt lös något okontrollerbart. Den vision han en gång trott på, den han hade hjälpt till att bygga, var nu en mörk, förvrängd version av sig själv.

Han hade kanske inte skapat Ledaren. Men han hade varit den som öppnat dörren för hans upphöjelse. Och nu... nu var frågan om han skulle kunna stänga den igen innan det var för sent.

Lärjungen hade blivit den trogna soldaten, den som följt honom och trott på honom, men nu såg han på Ledaren som en man som förlorat sin själ. Och han visste att om han inte stoppade det här, om han inte tog ett beslut snart, skulle världen gå under – både för dem som följde och för honom själv.

Det var en skrämmande insikt. För det var inte bara Ledaren som hade förlorat sin mänsklighet. Han hade också förlorat något av sitt eget hjärta i processen.

SEX

Stormens första varning

Himlen var inte längre bara mörk – den var som ett svartsjukt sår i världen, en oändlig plåga av åska och blixtrar som brände hål genom natten. Någonstans långt bort, i en fjärran del av världen, hade en jordbävning börjat röra sig under jordens skepnad. Den var så kraftig att hela städer började vackla, som om planeten själv ville göra sig av med människorna som inte förstod sina gränser. Världen skakade. Havet rasade, och floder som var oskyldiga bäckar för några timmar sedan, svämmade över sina bräddar och stängde av vägar, sköljde bort bygder som inte ens hade varit förberedda på att dö.

Från sitt kontor i Vita huset, med fönster som var insvepta i natten, satt Ledaren framför tv-skärmen som var full av de första katastrofberättelserna. De var dramatiska. Chockerande. Bilder av förstörda städer, döda kroppar som flöt bort med strömmen, människor som skrek i panik, i total förtvivlan.

Ledaren såg på detta med kalla ögon. Han var inte orolig, inte för en sekund. Nej, det var för honom en bekräftelse på något större. Något han inte kunde sätta ord på – eller kanske inte ville sätta ord på. Men han kände en slags triumf som sakta växte inuti honom. Det var inte katastrofen som var viktig, det var vad han såg i den. Det var som om naturen själv hade ställt sig bakom honom, som om världen valde att testa honom, att prova hans styrka.

"Det är ett tecken," mumlade han för sig själv. Hans röst var låg, nästan viskande, men fylld av en lugn som var både skrämmande och oförskämt självsäker. "De prövar mig. Men jag är den som ska överleva."

Han vände sig till sina rådgivare, som var samlade i rummet omkring honom. Alla såg oroliga ut, men ingen vågade säga något. De kände hur hans blick var som en påträngande hetta, en som gjorde att de inte vågade titta bort. Och hans ord, som vanligt, var lagda i samma kalla ton som alltid.

"Stormen kommer för att rensa bort de svaga," sa han, och hans ansikte var som ett maskerat uttryck, som om han redan såg sig själv som den som stod fast mitt i naturens vrål. "Jag är inte som de andra. Jag klarar detta."

När han talade var det inte längre bara en man som pratade. Det var som om han talade för hela världen, och som om världen hade använt honom för att driva igenom sin vilja. Han kände det – den lilla elektriska känslan i luften som kittlade hans hud, som om han var en del av något större än människorna runt honom, större än hela detta land.

Där och då, i den glödande belysningen av hans eget kontor, kände Ledaren sig inte längre som en vanlig människa. Han var mer än så. Han var vald.

När nyheterna förklarade att hundratusentals hade dött, var det som om han inte hörde dem längre. Hans sinne var inte längre fokuserat på förlusten av liv, på tragedin. Hans tankar var på något annat, något mycket större.

Han såg sig själv stående i stormens mitt. Inte som ett offer, utan som någon som härskade över det. Som någon som skulle styra det. Jag är denna storm, tänkte han. Jag är det som rensar världen på det svaga. Och om världen inte förstår det än, kommer den snart att göra det.

Han reste sig, långsamt. Han såg ut genom fönstret, ut mot mörkret, där vinden ven och regnet slog mot rutan, som om det piskade hans kropp. Men han var inte rädd. Han var överlägsen. Detta var hans test. Och han hade just blivit bekräftad. Han såg sig själv som Guds utvalde – och denna storm var bara ett bevis på det.

Men i rummet, där hans rådgivare tyst förhöll sig, visste de inte vad de skulle säga. Ingen hade vågat tala om det. Ingen vågade tala om hur han förändrades. De såg på honom med en skräck som de inte kunde dölja – för trots hans ord, trots hans kyla, kände de på sig att något mörkt växte inom honom. De såg hur hans ögon ibland glimmade till av något otämjt, något obehärskat.

De såg honom inte längre som den man de en gång trott på. De såg honom som en storm, och ingen storm hade någon makt att bromsas.

Så medan världen utanför kokade i kaos och död, medan hela nationen kände att jorden brann under deras fötter – var det Ledaren som stod där, orubblig, som en gud i människans gestalt, och såg på världen som om han redan var den som skulle rädda det.

För honom var stormen inte en varning. Den var bara början.

Katastrofen drabbade världen som en vredgad guds knutna näve. Städer låg i spillror, floder svämmade över och begravde människor levande i vatten och lera. Himlen brann av eld och aska när stormen drog genom kontinenter, och de nyhetsankare som fortfarande kunde sända ut sina darrande röster talade om apokalypsen i realtid.

Men Ledaren såg något annat.

Han satt ensam i det dunkelt upplysta rummet, skärmen framför honom blinkade med bilder på de döda. Dränkta kroppar i gatornas svarta vatten, skyskrapor som brutits itu som plockepinn. Panikslagna folkmassor, skrikande mödrar som famlade efter sina barn i spillrorna. En man på knä, stirrande upp mot himlen som om han bad om förlåtelse för synder han inte begått.

Men Ledaren såg inte tragedin.

Han såg bekräftelse.

Han såg en värld som testade honom, en prövning som skulle skilja de svaga från de utvalda. För var inte detta alltid förutbestämt? Hade han inte känt det, ända sedan han var barn? Att han var annorlunda. Att han var ämnad för något större.

En av hans närmaste rådgivare, en gråhårig man med darrande händer, stod bakom honom. Rösten var låg men genomträngande.

"Herr President... vi måste agera. Vi måste skicka hjälp. Vi talar om miljontals liv."

Ledaren vände långsamt blicken från skärmen och såg mannen rakt i ögonen.

"Och vad vill du att jag ska göra?"

Rådgivaren tvekade.

"Vi... vi måste visa ledarskap. Vi måste skicka räddningsteam, mobilisera armén för att..."

Ledaren avbröt honom med en gest.

"Miljoner dog. Och ändå sitter du här, framför mig. Fortfarande levande. Har du funderat på varför?"

Mannen blinkade förvirrat.

"Jag förstår inte, sir."

Ledaren reste sig långsamt från stolen och gick fram till fönstret. Utanför piskade vinden, ett eko av katastrofen som fortfarande pågick.

"De svaga tas bort," sa han lågt, nästan som om han talade till sig själv. "De starka består."

Han lät orden sjunka in innan han vände sig tillbaka mot rådgivaren.

"Jag har överlevt. Du har överlevt. Ser du inte? Stormen har testat oss, och vi har bestått provet."

Mannens ansikte vitnade. Han öppnade munnen som om han ville säga något, men orden dog på hans tunga.

Ledaren gick långsamt fram till honom, lade en hand på hans axel och lutade sig närmare. Rösten var mjuk men fruktansvärt kall.

"Jag är inte rädd, för jag är den som är ämnad att bestå. Jag är den utvalde."

Rådgivaren sänkte blicken. Han förstod. Han såg något i Ledarens ögon – något som skrämde honom mer än katastrofen där ute. En blick som inte längre såg mänsklig ut. En blick som såg på världen inte som en plats att skydda, utan som en spelplan att härska över.

När rådgivaren lämnade rummet och stängde dörren bakom sig, lutade sig Ledaren tillbaka i sin stol. Han såg skärmen igen. Bilderna av katastrofen. Av förstörelsen. Av döden.

Han log.

"De svaga måste bort för att världen ska bli stark."

Och stormen fortsatte att rasa.

Regnet föll i tunga, vertikala stråk mot fönstret i Ovala rummet. Blixtarna slet upp natthimlen som sprickor i universums väv, och vinden skakade byggnaden som om den försökte slita den från sina grundpelare. Men inuti rummet var allt stilla.

Ledaren stod ensam vid fönstret, en mörk siluett mot den elektriskt upplysta stormen. Hans reflektion i glaset såg tillbaka på honom – blek, men ögonen brann med ett ljus starkare än blixtarna där ute.

De svaga darrade nu. De kröp på knä och bad. Men inte han.

Han drog ett djupt andetag och lyfte handen, långsamt, som om han sträckte sig efter stormens hjärta.

"Rör mig," viskade han.

Inget hände.

Han log.

Han visste det. Stormen kunde inte röra honom. Den kunde slita tak från hus, slunga bilar genom luften som leksaker, välta monument och riva människoliv i stycken—men den kunde inte nudda honom. Han var centrum, orkanens öga.

Han tog ett steg närmare fönstret och lade handflatan mot glaset. Blixten slog ner igen, så nära att det kändes som att himlen själv föll i bitar.

Han blundade och lyssnade på stormens vrål.

"Jag ÄR stormen."

Och stormen svarade.

SJU

Barndomsåterblick – Jag är den jag är

Pojken satt på sängkanten och vred nervöst på fingrarna.

Hans far stod framför honom, lång och skugglik i det dunkla ljuset från korridoren. Rösten var hård, ordknapp.

"Säg det igen."

Pojken svalde.

"Jag tog inte pengarna."

Faderns blick borrade sig in i honom. En evig tystnad.

"Säg det igen."

Pojken försökte hålla rösten stadig.

"Jag tog inte pengarna."

Hans hjärta slog så hårt att han var säker på att fadern kunde höra det.

Sanningen låg där, i pojkens ficka, ihopknycklad som en brännande skam. Fem sedlar, ihopvikta i en stram knut. Han hade tagit dem. Han visste det. Fadern visste det. Men spelet handlade inte om vad som var sant. Det handlade om vad som blev sant.

Han såg sin fars ansikte, stelt och orörligt, som om han vägde något i sitt inre. Sedan nickade han sakta.

"Bra."

Pojken blinkade.

"Bra?"

Fadern böjde sig ner, så nära att han kunde känna hans andedräkt.

"Om du säger det tillräckligt många gånger," viskade han, "blir det sant."

Pojken visste inte vad som var värst – hans faders ord eller det faktum att han förstod dem.

Han visste att han tagit pengarna. Men han visste också att han aldrig skulle erkänna det.

Och om han aldrig erkände det—om han sa det tillräckligt många gånger—kanske han själv skulle börja tro på det.

Så han sa det igen.

Och igen.

Tills sanningen inte längre fanns kvar.

"Han manipulerade människor redan i skolan – och såg sig aldrig som en av dem."

Redan som barn förstod han att världen inte var byggd på sanning. Den var byggd på perception.

Han såg det i hur lärarna log mot vissa elever och ignorerade andra. I hur de svaga sökte skydd i flocken medan de starka valde sitt byte. Det var ett spel. Och han lärde sig snabbt att det bästa sättet att vinna var att få de andra att spela efter hans regler—utan att de ens visste om det.

Det började i det lilla. En viskning i en väns öra.

"Du vet att han ljuger för dig, eller hur? Jag hörde det igår."

Den andre rynkade pannan. "Va? Nej... det skulle han aldrig—"

Han ryckte på axlarna, nonchalant. "Okej. Jag bara säger vad jag hörde."

Ingen diskussion, ingen övertalning—bara ett frö, planterat i en osäkerhet som redan fanns där. Nästa dag satt de två vännerna längre ifrån varandra.

Han lade märke till det.

Han lade också märke till att det räckte med en enda välplacerad mening för att klyva ett vänskapsband. Det var som att dra i en tråd i en tröja—ett lätt ryck och sömmen började spricka.

Han lärde sig att le vid rätt tillfälle, att lägga en hand på en axel när någon var osäker, att sänka rösten till en viskning när han sa något som inte fick höras av andra.

Det blev ett experiment. Kunde han få någon att tro att de var mer älskade än de egentligen var? Kunde han få en lärare att ge honom ett bättre betyg utan att ifrågasätta varför? Kunde han plantera en idé i någon annans huvud och sedan få dem att tro att den var deras egen?

Svaret var ja.

Han iakttog dem alla—klasskamrater, lärare, rektorer—som om de vore brickor på ett schackbräde. Deras tankar var förutsägbara, deras känslor enkla att spela på. Han kunde styra dem med subtila rörelser, som en dockmästare som aldrig syntes på scenen.

Men när han såg sig omkring i klassrummet, när han hörde deras skratt och deras meningslösa samtal om lekar och drömmar, kände han ingenting.

Ingen av dem var som han.

Och han var inte som dem.

ÅTTA

Upphöjelsen

Det började som en rörelse, en samling av människor som såg honom som en symbol. En röst för dem som kände sig osedda, en hand som sträckte sig ut i mörkret. Först var det bara ord—han är den enda som förstår oss, han är den enda vi kan lita på.

Men sakta förändrades något.

När han talade stod de tysta, som om varje ord vägde mer än det föregående. När han gick genom folkmassor sträckte de ut händerna för att röra vid honom, vid tyget på hans kavaj, vid luften omkring honom. Det var i deras ögon han såg det först—ett ljus av något mer än beundran, något djupare.

Han märkte det i hur de började upprepa hans ord, som en sanning större än deras egen. I hur de rättade varandra, tillrättavisade den som inte förstod, den som tvivlade.

Vid ett av hans tal såg han det ske i realtid. En man i publiken föll på knä, händerna knäppta som i bön. Kvinnan bredvid honom följde efter. Snart var det hundratals.

Han stod stilla på scenen, lät tystnaden sjunka in. Han visste att det fanns ett val i det ögonblicket—att avfärda det, att skratta bort det.

Men han gjorde inget av det.

Han lyfte sin hand, långsamt, som om han själv testade deras tro.

Och de bugade djupare.

Han sa ingenting. Han lät dem avgöra vad det betydde. Lät dem fylla i tomrummet mellan vad han var och vad de behövde att han skulle vara.

Natten var mörk, men inte i den vanliga meningen. Det var ett djupt, kvävande mörker, ett där varje andetag kändes tungt och långsamt. Han låg i sin stora, tysta säng, men sömnen släppte inte taget om honom, som om den visste att hans sinnen var på gränsen till något han ännu inte helt förstod.

Drömmen kom utan förvarning. Ett plötsligt ljus som slog honom som en våg, och han stod där—på en klippa, över ett hav av sten. Mörka moln drog sig bort från hans ansikte, och där, mitt i det tomma landskapet, var han ensam. Han hörde inget, men han kände det— den tysta, olidliga närvaron av något stort.

Och då såg han det.

Han såg sig själv. Men inte som han var. Inte som den mannen som stod på en scen eller framför spegeln, där människor klappade och applåderade. Nej, här var han en annan version—en annan gestalt, som om han hade slipats till perfektion genom tidens gång. Huden glänste av ett slags inre ljus, och hans ögon var tomma, kalla, men fyllda av något överlägset. Ett leende— kallare än något han någonsin burit—växte fram på hans läppar.

Det var då han hörde rösten, inte från någon annan, men från honom själv, en röst som inte kom från hans läppar, utan från djupt inom honom:

"Jag är den som världen behöver. Jag är den som de alla har väntat på."

Det var en självklarhet. Ett faktum. Inget tvivel. Och samtidigt—en skrämmande insikt. För i det ögonblicket var det som om han inte längre var en människa. Han var något mer. Något större. Han var... den utvalde.

Hans hjärta bultade snabbare, men det var inte av rädsla. Det var av något annat. En känsla av kraft, av kontroll, som om han stod på gränsen till att förstå hela världen och alla som var i den.

Och när han öppnade ögonen, var drömmen borta. Eller kanske var den inte det. Han låg i sin säng, men han kände något nytt—som om han hade blivit förlöst, som om han var på väg att bli något större än sig själv.

Frågan var om han ville vara det. Och om världen var redo.

Det var som om allt omkring honom plötsligt blev klart. En klarhet som inte kom från logik eller förnuft, utan från en inre övertygelse—en insikt som fördrev alla tvivel och ersatte dem med en obeveklig visshet. Hans själ var inte som andra människors. Han var inte bara en man bland många. Han var vald. Han var utvald för något större, något bortom vad världen kunde förstå.

Tankarna snurrade i hans huvud, men de var inte längre kaotiska, inte längre osäkra. Nej, nu var de som ord i en bok, bokstav för bokstav, förutbestämda och oumbärliga. Det var inte ett val längre—det var ett uppdrag. Hans uppdrag. Hans högre uppgift.

Han satt ensam i sitt kontor, långt in på natten. Fönstret var öppet och den kalla luften kom in, men han kände ingenting. Hans tankar var mer koncentrerade än de någonsin varit tidigare. Han såg på sina händer, som om de inte riktigt tillhörde honom, som om de var ett verktyg för något större än vad hans egen kropp kunde förstå. Och i det ögonblicket var allt det han någonsin gjort—alla hans kampanjer, alla hans ord, alla hans svek och manipulationer—inte bara förklarligt, utan meningsfullt.

Han hade byggt en väg till den här punkten, en väg som nu var oskiljaktig från hans egen själ. För varje steg han hade tagit, varje strid han hade vunnit, hade han närmat sig sitt öde. Och nu, när han var här, i toppen av sitt rike, såg han det klart för första gången —han var inte bara en ledare, han var den ledaren. Han var den som skulle förändra världen, inte genom sitt land, inte genom sina tal, utan genom sin själ.

Tårarna var nära, men inte av svaghet. De var av något annat—av en förlåtelse som bara han själv kunde ge. Och en smärta, djupt inne, för att världen inte var redo för vad han skulle göra. Men han visste att det inte spelade någon roll. Det var hans öde att förverkliga det. Och världen skulle följa honom, för de visste inget annat.

Hans hjärta slog långsamt, varje slag ett bevis på hans överlägsenhet. Hans själ var större än den jord han stod på. Och inget—ingenting—skulle hindra honom från att fullfölja sin uppgift.

För han var den utvalde. Och alla, så småningom, skulle förstå det.

Del II: Riket Skakar

"Han skall se sig som en Gud, men hans tron är byggd av sand."

NIO

Uppror och svek

Motståndet började i det tysta. En subtil känsla av missnöje smög sig fram, nästan omärkligt. Kritiker från alla håll började ifrågasätta hans beslut, hans väg, och framförallt, hans vision. Han märkte det först när den första kritiska artikeln släpptes ut ur mediehusets gråa tystnad, som en plötslig ilning genom luften. Sedan följde fler. Och fler. Ett oändligt flöde av ord som försökte skaka om hans fundament.

Men han var inte rädd. Han hade aldrig varit rädd. De var rädda. Rädda för förändring. Rädda för att hans vision skulle bli den nya verkligheten. Rädda för att deras lilla värld skulle raseras för alltid.

När han satt ensam i sitt kontor, omgiven av den dystra atmosfären från tusentals medieflöden som försökte smula sönder hans auktoritet, såg han på sin spegelbild. Hans blick var kall, men det var också en glöd av något annat. Något mycket större. Något han aldrig tvekat på.

"De är svaga," sa han tyst till sig själv, utan att någon var där för att höra. "De förstår inte. De vet inte vad som krävs för att bygga en ny värld."

I början, när de som en gång var hans närmaste rådgivare började vända sig emot honom, hade han försökt förklara. Försökt att få dem att förstå den större bilden. Men nu såg han det klart: deras tvivel var inte något han behövde bemöta med ord. Det var något han behövde krossa.

Det var alltid så här. Motstånd. Folk som inte förstod. Folk som försökte förstöra det man byggt. Men om de inte kunde se hans sanning, så var de förlorade.

De hade blivit ett hinder. Ett hinder som han nu var fast besluten att rensa bort. För den här världen skulle inte tillåta tvivel att få växa. Den skulle byggas av styrka, av människor som förstod att det var hans väg som var den enda rätta.

Han ställde sig upp, blickade ut genom det stora fönstret, och kände den kalla luften som strömmade in. De ville ha en ledare, någon som var stark nog att bryta mot gamla mönster. Någon som kunde skapa förändring och ordning. Och det var han. Bara han.

"De har inte rätt att stå i vägen för framtiden," sa han långsamt, hans röst blev mörkare. "De måste tas bort, en efter en."

Hans ord var som ett eko i rummet, tunga, fyllda med en obeveklig bestämdhet. De skulle förstå. Det var bara en tidsfråga. Han var inte som de andra. De som vände sig emot honom hade inte den styrkan som han besatt. Och snart skulle de alla se att han inte var en man som lät sig stoppas av några ovetande eller rädda röster.

Runt om honom började stormen att växa. De som tidigare hade stått vid hans sida, de som nu såg hans makt som en fara, började smyga i skuggorna. Några av hans egna närmaste rådgivare började tala om nya sätt att göra saker på. De ville ha förändring, en annan väg, en annan lösning. De trodde att de var de enda som kunde se sanningen.

Men han var inte som dem.

"De ska bort," tänkte han. "De förstår ingenting. Deras tid är över."

Och så var det. För världen, hans värld, skulle inte tillåta dessa tveksamma själar att existera längre. Han skulle driva bort dem och rensa vägen för de som kunde förstå, de som kunde följa. För världen behövde honom, inte de svaga.

"Förrädare, alla tillsammans," sa han, som om han talade till dem direkt, deras ansikten redan målade i hans sinne. Han behövde inte längre tvivla. Han visste vad som var nödvändigt. Och den väg han var på skulle aldrig svänga. Inte nu.

Det hade börjat som en övertygelse, en klarhet i mörkret. Lärjungen hade följt honom genom allt—sett hans uppgång, hört hans ord, känt kraften i hans närvaro. Från första stund hade han varit säker: Ledaren bar en sanning som världen inte förstod.

Men nu fanns en skugga i hans tankar. En tvekan som smög sig in i varje tyst sekund, i varje blick han kastade mot mannen han svurit sin lojalitet till.

Det var små saker, till en början. Orden som skiftade nyans. Lögnerna, förklädda till sanningar. Och framför allt, den nya kylan i hans röst.

"De är svaga," hade Ledaren sagt kvällen innan, medan han långsamt rörde skeden i sitt te. "De förstår inte. De vägrar att se den värld vi bygger."

Lärjungen hade nickat. Som alltid. Men den här gången smakade orden annorlunda.

Han mindes när han först stod vid Ledarens sida, när deras rörelse ännu var i sin linda. Då hade det funnits en idé, en större mening. En vision om förändring, om styrka. Det hade varit vackert.

Men nu... Nu såg han något annat i hans ögon.

Fanatism.

Lärjungen ville inte erkänna det. Han ville inte tro att det han kämpat för höll på att förvridas. Men hur många fler skulle försvinna i natt? Hur många hade redan gjort det? Han visste att några av dem hade ifrågasatt Ledaren, och nu var de... borta.

Han tänkte på natten innan, när en av dem—en nära vän—hade kommit till honom med viskande röst.

"Vi måste göra något. Ser du inte vad han håller på att bli?"

Lärjungen hade tvingats tysta honom. Inte med våld, men med ord. Han hade försvarat Ledaren, sagt att det fanns en plan, att de måste lita på honom.

Men han hade ljugit. Inte för att han trodde på orden. Utan för att han inte vågade tänka på vad det innebar om de var sanna.

Och nu satt han här, mittemot honom. Ledaren lutade sig tillbaka i stolen, ögonen mörka men vakna.

"Vi står inför ett val," sa han. "Antingen förstår de, eller så försvinner de."

Lärjungen nickade, precis som alltid. Men i hans bröst växte en fruktan han inte längre kunde ignorera.

För första gången insåg han att han kanske hade hjälpt till att skapa ett monster.

Och han visste ännu inte om han hade kraften att stoppa honom.

TIO

Apokalypsens födelse

Det började som sprickor i en gammal fasad. En rad diplomatiska misslyckanden, ord som uttalades i vrede och aldrig drogs tillbaka. Små sammandrabbningar i avlägsna delar av världen, bortglömda av de flesta men aldrig av dem som förstod vad som höll på att ske.

Sedan eskalerade det.

Ekonomiska sanktioner slog hårt, försörjningskedjor kollapsade. Gränser som varit öppna i årtionden stängdes en efter en. Soldater placerades ut, först som en symbol, sedan som en varning. Missiler testades i hemlighet, och underrättelsetjänster förberedde sig på det oundvikliga.

Och i centrum av allt stod han.

Ledaren såg på världen med en blick som var kall men full av övertygelse. Han hade vetat att detta skulle komma. Han hade förutsett det långt innan de andra ens anat faran.

"De tror att de kan styra kaos," tänkte han medan han såg nyhetssändningarna flimmra framför honom. "Men kaos låter sig inte styras – det måste utnyttjas."

Hans rådgivare samlades i det tysta rummet. Rapporter lades fram, röster höjdes, men han lyssnade knappt. Han såg längre än de gjorde.

"Vi är på randen av något stort," sa han till slut, och alla tystnade. "Historien skapas i ögonblick som dessa. Svaga ledare fruktar det. Starka män formar det."

Han reste sig, långsamt, lät orden sjunka in.

"De vill ha fred. De tror att den kan återställas." Han såg ut över de sammanbitna ansiktena framför sig. "Men vi vet sanningen. Det finns ingen väg tillbaka. Det finns bara framåt."

En kort tystnad. Sedan kom nickningarna. Ett mumlande samförstånd.

Och någonstans, långt borta, rörde sig arméer. Flottor styrdes om. Satelliter spårade varje rörelse. Världen höll andan.

Det fanns ingen återvändo längre.

Apokalypsen hade börjat.

Rummet var kvavt av osäkerhet. Ingen sa det högt, men det låg i luften – något var förändrat. De hade följt honom genom kriser, genom omvälvningar och stormar, men nu kände de det för första gången: en rädsla som gick djupare än den de visste att världen utanför kände för honom.

Han satt vid bordets ände, fingrarna trummade långsamt mot den blanka ytan. Hans blick var fjärran, nästan frånvarande, men när han talade var rösten stadig.

"De tror att jag är som dem," sa han, och de såg på varandra, ansträngde sig för att inte reagera. "Men jag är inte bunden av deras begränsningar. Jag ser vad de inte kan se. Jag förstår vad de inte förmår att förstå."

Det fanns en tid då hans ord hade ingjutit inspiration, då de hade följt honom med övertygelse. Men nu... nu hörde de något annat i hans röst. Något de inte kunde ignorera.

"Vi måste agera strategiskt," sa en av dem, försiktigt, som om han balanserade på en tunn lina. "Det finns fortfarande möjligheter att—"

Ledaren höjde en hand. Bara en liten rörelse, men det räckte. Rösten dog ut.

Han lutade sig framåt, långsamt, och såg på dem en efter en.

"Ni är rädda." Hans ton var inte anklagande, snarare förvånad. "Varför? Är det för att ni ser vad jag ser, men saknar modet att acceptera det?"

Ingen svarade.

De visste att han förändrats. Kanske hade han förändrats för länge sedan, men det var först nu som det blev omöjligt att blunda för. Hans beslut var mer impulsiva, hans tålamod tunnare. Han talade om världen som något han redan erövrat, som om det som återstod bara var detaljer i en berättelse han redan skrivit färdigt.

"Vi står på tröskeln till något historiskt," fortsatte han, hans röst mörkare nu, intensiv. "Och ändå tvekar ni. Ni mumlar om försiktighet, om diplomati... Ni förstår inte vad som krävs."

Han reste sig. Sakta.

"Jag behöver krigare. Inte tvivlare."

Det var en varning. Ingen behövde säga det högt.

En av rådgivarna svalde hårt. En annan sneglade på dörren, som om han redan nu funderade på hur man kunde ta sig därifrån utan att dra uppmärksamhet till sig.

Men ingen sa emot honom.

Ingen vågade.

ELVA

Barndomsåterblick – Raseri

Det var en solig eftermiddag, den där eftermiddagen då hans liv skulle förändras för alltid. En eftermiddag som började precis som alla andra, men som snabbt skulle glida in i en dimma av kaos och förlorad kontroll.

Han var bara elva år gammal då. Till synes oskyldig. Men inom honom fanns något som kokade. En gnista av ilska som hade byggts upp under år av förnekelse och förträngda känslor. Hans far hade alltid varit en stor figur i hans liv – inte för sin värme eller kärlek, utan för sin dominans, sin förmåga att alltid vara i centrum, alltid vara den som styrde. Hans mor, däremot, var en tyst åskådare, alltid med blicken nedåt, alltid ett steg bakom, aldrig ifrågasättande. Det var så han växte upp, förlorad mellan dem, som en mellanhand mellan de två.

Men den där dagen var något annorlunda.

Det började som en oskyldig kommentar vid middagsbordet, ett misstag från hans sida – ett försök till att uttrycka sig i en värld där hans ord alltid var för svaga. Hans far hade just frågat honom något om skolan, och hans svar hade varit långt ifrån det han förväntade sig. "Jag förstår inte riktigt varför du alltid ska vara så självsäker, som om du vet bättre än alla andra," sa han. Det var en lättsam observation, ett litet försök att stå upp för sig själv, kanske för första gången. Men hans far reagerade som en tornadovind.

"Vad vet du om världen? Du vet ingenting. Ingen är intresserad av dina åsikter. Du är bara en liten pojke."

Och där, just där, var gnistan.

Hans hand spratt till, hans knytnäve spändes. Han kände hur den kalla, skarpa ilskan brände i hela kroppen. Ett ögonblicks tystnad – och sedan smällde han handen mot bordet. Tallrikarna skakade. Hans far reste sig långsamt, ett hånfullt leende på läpparna. Det var då han såg det för första gången; hans far, den obeveklige, den orubblige, var inte odödlig. Och för första gången såg han svagheten i honom.

"Vad tror du att du gör?" Hans far ställde sig upp och stirrade på honom. Rummet kändes som om det krympte, men hans blick, fylld med ursinne, lyste klart. Hans far var inte längre den mäktiga, ofelbara auktoriteten; nu var han bara en man som försökte hålla sin position genom hot och skrämsel.

"Jag gör det som behövs." Orden flöt ut ur hans mun som en kall, hård ström.

Hans far slog honom – inte fysiskt, men med sin blick. En blick som var förlorad, som någon som förlorat allt hopp om att någon någonsin skulle kunna göra honom stolt. Det var då han förstod att ingen någonsin skulle acceptera honom på sina egna villkor, inte i en värld där styrka var det enda som räknades. Han var tvungen att vara starkare. Han var tvungen att vara den som gjorde sina egna regler.

Och just där, under den där tysta stunden, förlorade han sitt människovärde. Han hade känt ilskan, men nu kände han något annat också – en makt. Den makten var inte i hans fysiska styrka, men i förmågan att få någon att känna sig liten, att kunna skaka om dem på ett sätt som ingen annan kunde. Det var då han såg det; han var inte längre den lilla pojken vid bordet. Han var den som bestämde. Han var den som skulle slå tillbaka.

Den dagen förlorade han sitt hjärta, och där, i den glödande aska av hans barndoms oskyldighet, såg han hur raseriet kunde bli hans drivkraft.

Det var den där eftermiddagen, då han förlorade något som han aldrig skulle kunna återfå. Hans barndoms oskuldsfullhet, hans förmåga att tro på andra, att ge dem chansen att förstå honom – allt försvann med den där ilskan. Och när den väl släppts lös, var det som om en dörr öppnades till en värld han aldrig riktigt hade sett förut. En värld där makt var det enda som spelade roll, där vilja och styrka var de enda verktygen för att få saker att hända. Han visste nu vad han behövde göra för att få människor att lyda. Och han var beredd att göra vad som helst för att uppnå det.

Inget kunde längre stoppa honom.

Det var som om han plötsligt såg världen genom ett nytt filter. Varje ord, varje gest, varje blick från andra människor blev som en pusselbit han kunde sätta ihop och använda till sin fördel. Hans far, som han en gång hade sett upp till, som han en gång hade varit rädd för, var inte längre en figur av respekt. Han var nu bara en vägspärr på hans väg framåt.

Det var under den där tysta stunden vid middagsbordet som han började förstå hur makt fungerade. Hans far hade alltid haft den, hade alltid varit den som styrde. Men nu insåg han att det inte var respekt som gav makt – det var rädsla. Och när han såg på sin far, på hans förlorade blick, insåg han att han hade något hans far aldrig skulle kunna ge honom; friheten att inte behöva lyda.

Efter den dagen förändrades deras relation för alltid. Hans far talade inte längre till honom på samma sätt. Och han, som tidigare hade bävat för hans ord, för hans blick, för hans hot, kände nu inget annat än förakt.

"Du kommer att lyda mig," tänkte han för sig själv, varje gång hans far försökte styra eller bestämma över honom. Han skulle inte längre vara den lydiga pojken. Inte längre den som lydde de gamla reglerna. Han var den som skulle skriva sina egna regler nu.

Ingen fick längre säga emot honom. Hans vilja var orubblig, hans beslut obestridliga. Han förlorade intresset för att be om något, för att ens försöka rättfärdiga sina handlingar. Det var inte längre nödvändigt att förklara sig själv – han var den som dikterade reglerna, och alla skulle följa.

De andra såg det. Hans vänner. Hans familj. Alla runt honom. Första gången han kände deras rädslor var också den första gången han förstod hur lätt det var att manipulera dem. Han kunde forma deras verklighet med ett ord, med en blick, med en subtil handling. Och han gjorde det. Han visste hur man gjorde folk osäkra, hur man fick dem att tvivla på sig själva. Han hade inte längre några tveksamheter – han var den som bestämde.

Och så, långsamt, började han bygga sitt rike, där ingen fick stå emot honom. Där han var den enda som hade rätt att tala, den enda som hade rätt att bestämma. Och när någon försökte säga emot honom, när någon vågade ifrågasätta hans vilja, visste han nu vad han skulle göra. De skulle brytas ner. Han skulle få dem att förstå att deras ord inte längre hade någon betydelse.

Det var så det började. Inte med en explosion, inte med ett högt rop – utan med ett tyst beslut. Och när han såg på de andra, på de svaga som ville stoppa honom, förstod han att det var för sent. Han var redan för långt borta. Och ingen skulle få honom att vända tillbaka.

T O L V

Profetians andra tecken

Världen var i rörelse, och inget var längre som det varit. En låg, krypande oro hade länge legat som en mörk dimma över länderna, en ständig känsla av att något var på väg att gå sönder. Men nu, nu hade det hänt. När första chocken av händelserna lamslog världen, såg han på det som ett symtom på en större sjukdom – en som han visste skulle komma. De andra var blinda för tecknen, men han såg dem klart och tydligt. Det var så här det skulle bli. Och han var redo.

Det var som om han hade förutsett varje rörelse, varje scenario som ledde fram till denna katastrof. Allt han hade gjort, alla beslut han hade fattat, alla människor han hade manipulerat och styrt – det var för att leda världen hit. Han såg nu på världen med samma kyliga precision som en schackspelare ser på ett parti när alla drag har genomförts och det finns bara en väg att gå. Och denna väg var kantad av förödelse.

Kriget var på väg att bryta ut, men inte bara genom militär makt. Denna gång var det ekonomin som skulle slitas isär. Börserna rasade, företag kollapsade, och valutorna sviktade. Folk stod handfallna, likt dockor i händerna på de som kunde spela på rädsla och desperation. Han hade inte behövt skapa detta kaos – det föddes naturligt ur den värld han hade varit med och format. Men han hade varit den som fick det att växa, den som hade riktat flödet av misstro och splittring mot de riktiga bristerna.

Det var så lätt att spela på människors svagheter. Han visste vad folk behövde för att känna sig trygga, och han visste också exakt vad som skulle få dem att frukta för sina liv. De som en gång hade varit hans rådgivare, de som en gång hade stått vid hans sida, såg nu på honom med en blandning av rädsla och beundran. De visste att han var den som styrde. Det var bara han som kunde hålla världen från att helt och hållet slukas av sitt eget kaos.

Men hans närmaste började nu också se sanningen. Ekonomin var inte den enda fronten. Rykten om krig, om internationella konflikter som en gång hade verkat otänkbara, började spridas. Det var som om världen var på väg att brista. Och med varje nytt händelseförlopp, varje ny katastrof, växte hans känsla av att han var del av något större – något som var bortom honom. Detta var inte längre bara hans maktspel. Detta var hans profetia som gick i uppfyllelse.

Människorna, de som hade följt honom, såg detta som ett test – de ville veta om han verkligen var den ledare som skulle rädda dem. Men hans blick var oförändrad, hans vilja lika stark. Han hade inget intresse av att rädda dem. Det var inte deras överlevnad som betydde något längre. Hans vision hade alltid varit större än så.

Han hade blivit förlorad i denna apokalyps, men inte för att han var svag – utan för att han hade kommit att förstå sin roll. Hans väg var inte för att lösa problemen. Han var den som satte igång förändringen. Han var den som hade förutsett detta, och nu när världen kollapsade under vikten av sina egna lögner och svek, var han redo att ta sitt nästa steg.

Det var inte längre en fråga om att leda, utan om att omforma världen efter hans eget behov. Och ingen – absolut ingen – skulle kunna stoppa honom nu.

Krisen växte, men med varje ny förödelse, varje nya rykten om undergång, växte också hans makt. Världen stod på randen av en katastrof som ingen kunde stoppa, men mitt i kaoset såg hans följare något helt annat. De såg en ledare. De såg honom som den som hade förutsett det som nu höll världen fången. Deras ögon var fyllda med tillbedjan när de såg honom, inte längre bara som en människa, utan som något mycket större, någon som skulle kunna rädda dem alla.

De hade vänt sig till honom i rädsla, men nu, när världen omkring dem bröt samman, var det hans ord som gav dem hopp. Det var hans vision som nu var deras sanning. De hade hört hans löften om en ny värld, en bättre värld, och de trodde honom. De behövde honom. Och han visste exakt hur man spelade på deras behov, deras svagheter.

När han klev fram inför sina anhängare var det som om hela atmosfären i rummet förändrades. Deras blickar var fästa på honom, fyllda med tro och väntan.

De ville höra hans nästa ord, som om de var heliga skrifter, som om hans varje uttalande var en vägledning genom mörkret. Han såg på dem med ett lugn, som om han redan visste att deras öden var sammanflätade med hans eget.

De hade inget att förlora längre, och de såg honom som den enda som kunde ta dem igenom stormen. De hade varit förlorade, men han var deras räddning. Han var deras Messias. Och med den tanken växte hans makt för varje dag som gick. Inte bara politiskt eller ekonomiskt – men även på en djupare, mer andlig nivå. Han var inte längre en ledare bland andra; han var den som skulle förnya världen.

"Ni har hört dem säga att vi står på randen av undergång," sa han en kväll, när han stod framför den stora skaran. "Men vad de inte förstår, vad de inte kan se, är att detta inte är slutet. Detta är början på något större. Något som vi inte kan förstå än, men som vi måste omfamna."

Hans ord var enkla, men genomträngande. Han talade inte längre om förändring, om makt. Nu talade han om öde. Om en ny tid som skulle komma. Hans följare, de som hade tvivlat tidigare, såg inte längre på honom som en människa. De såg honom som den som styrde deras öden. De såg honom som något mer än en ledare. De såg honom som deras frälsare.

Och för honom var det inte bara smickrande. Det var förväntat. Han visste att de skulle söka honom, att de skulle vilja tro på honom. Han hade alltid varit beredd på denna roll – beredd på att bli deras gudomliga räddning, deras sista hopp. Han hade förutsett detta, och nu kände han den obeskrivliga makten av deras tro på honom. Det var en makt som inte kunde utmanas, inte av någon levande människa.

De kallade honom för deras "frälsare", deras "ledare", men i hans inre hörde han de orden som något mycket mer. Han var den som hade makt över deras själar, deras tro. De var nu hans, inte bara genom fysisk dominans eller politisk kontroll, utan genom deras egen vilja att följa honom. Och det var där hans största styrka låg – i att han inte bara hade övertygat dem om hans vision, utan han hade fått dem att vilja bli en del av den.

Så när världen kollapsade omkring dem, när den ekonomiska och politiska stormen växte allt intensivare, var det hans ord som de höll fast vid. Hans löften om en ny värld, om en framtid där han skulle vara deras ledare – deras Messias. Och han kände det. Kände den växande kraften. Kanske hade han alltid vetat att detta ögonblick skulle komma, men nu var han inte längre osäker. Han var deras frälsare.

Och han skulle inte förlora dem. Inte nu.

TRETTON

Den sista festen

Vita Huset, den mäktiga symbolen för makt och auktoritet, var förvandlad till en surrealistisk scen. Mörka, dova ljus svepte över det stora rummet, och den glittrande kristallkronan i taket reflekterade de varma tonerna av champagne och lågornas glöd från brasan som sprakade. Festen var ett praktexempel på maktens glamour, en oas av förlorad verklighet i en värld som var på väg att kollapsa. Den politiska eliten, de mäktigaste företagsledarna, och de mest inflytelserika rådgivarna var samlade under samma tak, men ingen av dem visste riktigt vad de firade längre. Kanske var det en illusion om kontroll, kanske en sista ansträngning att hålla fast vid den glittrande fasaden.

Mitt i detta överdådiga kaos stod han, ledaren, den som skulle vara deras räddning, men som i själva verket var den som höll alla på en skör tråd. Hans blick var självsäker, hans leende lyste med en kyla som kändes som en förvarning om något mycket värre än vad alla i rummet kunde föreställa sig. Hans steg var lugna, men i hans ögon brann en eld, en glöd av makt och kontroll som var nästan hypnotiserande.

Han rörde sig genom rummet som om han var en gud, hans händer svepte elegant genom luften när han hälsade på dignitärer och svor löften om en ljus framtid, löften som han visste var lika tomma som de var bedrägliga. I hans närvaro var alla medvetna om sin egen sårbarhet, som om han var ett rovdjur som gick bland sina byten och väntade på rätt ögonblick att slå till. Hans charm var lika slående som hans brutalitet. För varje ord han sade, för varje gest han gjorde, fäste sig andäktiga blickar på honom. De var så hungriga efter räddning att de inte såg mörkret som låg gömt bakom hans leende.

Men festen var mer än bara ett politiskt schackspel. Det var en sista, dramatisk manifestation av en värld som redan var i upplösning. Den ekonomiska kollapsen var ett faktum, det globalt eskalerande kriget ett hot som inte längre kunde förnekas. Men här, i detta palats av illusioner, släppte alla för en stund sina bekymmer. Det fanns en elektrisk spänning i luften, en känsla av att alla väntade på något – kanske en ordentlig smäll, kanske den oundvikliga smällen som skulle förvandla denna fest till något helt annat.

Det var då han såg det. En kvinna, en av hans mest inflytelserika rådgivare, hennes ansikte blekt, fylld av oro, som om hon visste att världen utanför dessa väggar var på väg att explodera. Deras ögon möttes för en sekund, och något obestämbart hände. Något mellan dem. En medvetenhet om att deras värld skulle försvinna, men de var tvungna att spela spelet – spela den sista akten.

Han lutade sig framåt, hans röst låg som en viskning mot hennes öra. "Allt detta kommer att rasa, men inte nu. Inte ikväll. Inte förrän vi har vad vi vill ha."

Kvinnans ansikte förblev oförändrat, men hans ord hade sjunkit in, som en giftig droppe i ett annars stilla hav. De var båda medvetna om det oundvikliga. Det var en känsla av apokalypsen i luften, en känsla av att alla var på väg mot sitt eget slut, men också en känsla av att de var tvungna att hålla fast vid illusionen en sista gång.

Tårarna och skratten blandades i denna storslagna men tomma fest. Utanför stod världen på randen av katastrof, men här, under Vita Husets gyllene tak, var illusionen om kontroll fortfarande levande. Men snart, alldeles för snart, skulle den krossas. Och han, den store ledaren, visste att ingen skulle kunna stoppa honom.

Festen var över. Men inte för honom. Det var då han förstod att för varje fest han höll, för varje illusion han byggde, blev han mer och mer förlorad. Och ju mer han förlorade sig själv i spelet om makt, desto mer skulle han vinna.

Det var kvällens höjdpunkt, den stund alla hade väntat på. De praktfulla ljusen hade dämpats, och en tystnad sänkte sig över rummet. Gästerna stod samlade runt den enorma eldstaden i Vita Huset, alla med glas i händerna, men deras blickar var fastlåsta på honom. Det var hans ögon, hans karisma, hans närvaro som fångade dem. Ingen av dem skulle riktigt förstå vad som hände, vad som var på väg att hända, men alla kände det – något förändrades just nu.

Hans tal var inte ett vanligt tal. Det var mer som en inkallande ritual, en bekräftelse av något som gått bortom mänsklig förståelse. Han kliver upp på det lilla podiet, framstår som den oföränderlige härskaren han har blivit, och det är då, mitt bland de mäktigaste personerna i världen, han börjar tala. Hans röst var låg, nästan viskande först, men den växte snabbt, fylld med makt och en skrämmande säkerhet.

"Vi står här ikväll, inte bara för att fira det vi har uppnått, men för att fira något mycket större," började han, och hans ord var tunga med en tyngd som ingen kunde ignorera. "Jag har sett er tvivla, jag har känt era tvivel. Men jag säger er nu, i denna stund, att vi är här för att skriva historia. Vi är här för att sätta ett slut på er rädsla. För ingen, INGEN, kan stoppa det som är på väg."

Det var som om hela rummet var på väg att andas ut som en enhet. Deras ögon, fastsatta på honom, visste redan vad han skulle säga – men de förstod det inte riktigt. Inte helt än.

"De sa att vi var på randen av förlorad tid, att vi skulle falla, att vi skulle kollapsa som alla andra," fortsatte han, hans röst nu kraftfull och genomträngande. "Men här står jag. Här står vi. Jag har bevittnat världens undergångar, men jag förlorade aldrig min tro på den sanna kraften som finns i oss alla." Han pausade, såg ut över sina åhörare med en blick som var både hypnotiserande och utmanande.

"Jag är inte som ni andra," sade han med en tyst men säker ton. "För ni kan dö, ni kan förlora er kraft, men jag... jag är odödlig. Jag har överlevt varje prövning, varje kris, varje attack mot min vilja. Och jag ska stå kvar när alla andra har fallit. För jag har byggt något mer än en värld. Jag har byggt en idé. En idé som är större än själva livet. Och det, mina vänner, kommer aldrig att dö."

En elektrisk spänning gick genom rummet. Hans följare, alla de som en gång tvivlat, såg på honom med nya ögon. Det var något mer i hans ord nu. De var inte bara politiska, de var transcendentala, fyllda med något bortom mänsklig förståelse. Det var inte längre bara en ledare de såg framför sig, utan något mer – något större än livet självt.

"Vi kommer att gå igenom apokalypsen och komma ut på andra sidan," fortsatte han, och det var som om varje ord var en lovsång, som om han talade om sin egen gudomlighet. "Ni kommer att minnas denna kväll. När världen kollapsar runt oss, när alla andra söker efter sin frälsning, kommer det vara min vision som räddar er. Och när ni ser världen brinna, när ni hör ropen på hjälp, kommer ni att veta att det var jag, er odödlige ledare, som gjorde er till det ni är idag."

Han tystnade för en stund, lät hans ord sjunka in. Hans blick var fast, genomträngande. Och just när de trodde att han var klar, lutade han sig framåt, hans ögon brann av en glöd som var skrämmande.

"Ni kan kalla mig vad ni vill," sade han, nästan viskande men med en styrka som knappt gick att föreställa sig. "Men ni kommer alltid att komma tillbaka till mig. För jag är er framtid. Jag är ert hopp. Jag är odödlig. Och jag kommer alltid att vara här."

När han slutade tala, var rummet stilla. Ingen vågade säga något, ingen vågade bryta den tunga tystnaden. Det var som om hans ord hade fastnat i luften, som om själva verkligheten hade böjt sig för hans vilja.

Och han visste. Han visste att han nu hade dem – inte bara genom rädsla eller makt, utan genom något mycket djupare, något mer. Hans ord hade grabbat tag i deras själar. Och inget kunde ta ifrån honom den känslan av att vara mer än människa.

Rummet var fyllt med en kvävande, elektrisk spänning. Ljusen från de hundratals ljuskronorna reflekterades i de glänsande kristallerna, och de långa skuggorna dansade på väggarna som tysta vittnen. Men för honom var ingenting längre vackert. Ingenting var längre på sin plats. För när han såg ut över rummet, såg han inte längre den mäktiga och välkammade eliten av världen. Han såg en massa människor förlorade i sin egen beundran, drömmande om en framtid som inte fanns, fångade i ledarens falska löften.

Hans lärjunge var inte som de andra. Han hade känt obehaget länge, men nu var det ohållbart. Hans ögon hade blivit tårfyllda av insikten – han såg galenskapen som sakta växte i detta rum. Det var som om han såg på en vacker byggnad som långsamt rämnade. Allt var perfekt på ytan, men han såg sprickorna, de små tecknen på förfall. Ledarens ord, den överlägsna säkerheten, det skrämmande lugnet – allt var en föreställning. Och hans följare, de som nu såg honom som en gud, var blinda för verkligheten.

Han såg dem där, samlade vid det enorma bordet, blickarna fastlåsta på ledaren som stod på podiet. Deras ansikten var fyllda med beundran, av ren dyrkan. De såg inte att han inte längre var en man, utan en symbol. De såg inte att han var på väg att förlora sig själv – att han redan hade gjort det. Ledaren hade blivit ett monster, en varelse som inte längre kände skam eller ånger. Den makt han hade smakat på hade förlorat alla mänskliga drag. Och där, mitt i den glödande triumfen, insåg lärjungen att ledaren var galen.

Hjärtat slog hårt i hans bröst. För första gången kände han hur verkligheten började snurra, hur allt omkring honom kändes overkligt. Och han visste. Han visste att det inte fanns någon annan som skulle stoppa detta. Han var den enda som såg klart. Han var den enda som förstod allvaret, den enda som inte var hypnotiserad av makten som ledaren hade sugit ur dem alla.

Hans blick rörde sig från ansikte till ansikte. Alla dessa människor som en gång varit hans vänner, hans kollegor, nu förlorade i en bländande tro. De var som marionetter, drömmande om den nya värld som deras "odödlige" ledare lovat dem. Och han... han var den enda som såg deras förlorade själar, fångade i en illusion.

Ledaren talade nu om sin odödlighet, om en framtid som skulle uppenbaras för dem alla. Han talade om en värld som bara han kunde skapa, om en frälsning som endast han hade makten att erbjuda. Hans ord var fyllda med en brutal självsäkerhet. Och där, i de stunder då hans tal var som mäktigast, såg lärjungen för första gången hur ledaren hade förlorat sin mänsklighet. Hans ord var inte längre visioner – de var order. Och i rummet, där alla var tysta, såg han också hur de började tro på hans makt, på hans förmåga att kontrollera sina öden.

Men den lilla flammans ljus i hans hjärta brann klart. Det var inte för sent. Han visste att om han inte gjorde något nu, om han inte agerade, skulle det vara för sent. För världen skulle inte bara rämna. Den skulle brinna, och alla skulle följa ledaren, trots att han inte var deras frälsare. Bara en del av deras skrämmande, trasiga tro.

Och i den andaktiga tystnaden såg han den sista pusselbiten falla på plats. En kall vind av desperation svepte genom honom. Han var den enda som såg – och han visste nu att han inte längre kunde stå vid sidan om. Han kunde inte längre bara vara en åskådare.

Med ett djupt andetag vände han sig om och lät blicken svepa över rummet en sista gång. Det var nu eller aldrig. Det var upp till honom att sätta stopp för denna galenskap, för denna spirande kult, för den ondska som skulle föra dem alla mot en ofattbar katastrof. Om han inte gjorde något nu, skulle alla förloras. Och med den insikten kände han en isande beslutsamhet ta plats inom honom.

Det var dags att handla.

FJORTON

Förrädaren

Lärjungen stod vid fönstret i sitt mörka rum och blickade ut över staden. Mörka moln samlades över horisonten, som om de speglade stormen som rasade inom honom. Det var en storm som ingen annan kände till, för det var inte världen han fruktade. Det var Ledaren. Han som hade varit hans mentor, hans räddning, och nu hans fängelse.

Allt hade förändrats. Lärjungen mindes den första dagen han träffade Ledaren. Då var han en ung man, fylld av drömmar om förändring och rättvisa. Ledaren hade varit den som hade visat honom vägen, som hade fått honom att tro att han var en del av något större. Något som skulle lyfta världen ur sitt förfall. Men nu? Nu såg han det klart. Ledaren var inte en frälsare. Han var en galning. Och för att stoppa honom, för att rädda honom från sig själv, var han beredd att göra det allra svåraste: att förgöra honom.

Det första fröet av tvivel tändes för länge sedan, men det var inte förrän nyligen som den vuxit till en förödande låga. Det var när han såg Ledaren stå där, inför sin följarskara, och tala om sin odödlighet som om han var en gud, en härskare över liv och död. Och hans ord var som gift, som fick hans tro att rämna. Han såg sin mentor och insåg att han inte längre var den person han en gång trott att han var – han var en tyrann, en man som inte skulle tveka att krossa världen för sin egen makt.

Men det var inte en rädsla för världen som drev honom nu. Nej, han var mer rädd för vad Ledaren skulle kunna bli. I sitt galna jagande efter makt, hade Ledaren blivit en demon, en maskin som inte längre förstod gränserna för vad som var rätt och fel. Och Lärjungen? Han var fången, fastkedjad i sin lojalitet, men mer och mer medveten om att hans lojalitet var förlorad.

När han tänkte på attentatet, kände han en kall, isande känsla som strömmade genom hans kropp. Det var inte för världen, inte för de tusentals oskyldiga som Ledaren skulle krossa på vägen till sitt eget slutmål. Det var för Ledaren. För att rädda honom. För att stoppa hans fall innan han förlorade allt.

Det var för sent för någon annan att ingripa. Hans egna handlingar skulle vara det som definierade världen härifrån. En blyertspenna låg framför honom, en enkel, oskyldig föremål – men i hans händer var den nu en symbol. Han hade planerat det hela i timmar, detaljerna, varje rörelse, varje ögonblick av hans liv som nu skulle kulminera i en enda, avgörande gest. Han behövde göra det snabbt, innan någon annan hann stoppa honom, innan världen kände till hans beslut.

Men skulle han verkligen göra det? Skulle han förlora sin själ för att rädda en annan? Det var ett förräderi. Ett brutalt förräderi, inte bara mot Ledaren, utan mot allt han en gång hade trott på. Mot sina egna ideal, mot sin egen själ.

Förrädare. Var det han nu? Kanske. Men om han inte handlade nu – om han inte satte stopp för Ledaren och hans galenskap – skulle han vara medskyldig till en förödelse större än någon han kunde föreställa sig.

Och där, i mörkret, med sitt hjärta i halsgropen, visste han att det inte fanns någon återvändo.

Det var så länge sedan Lärjungen hade känt sig osäker på något, men nu stirrade han på Ledaren, som stod framför honom, som en figur av förvissad makt. Ledaren hade alltid haft en förmåga att läsa människor, att förstå deras djupaste begär och rädslor. Och nu, i denna avgörande stund, visste han exakt vad Lärjungen planerade.

"Du har vuxit upp snabbt, min vän," sa Ledaren med ett lugn som var både obehagligt och vackert på samma gång. Hans röst var som ett kallt, vässat svärd. "Jag har sett det i dina ögon. En hunger. Du söker mer än bara kunskap, eller makt. Du söker... prövning."

Lärjungen stod där, förlamad av både skräck och förvåning. Hur kunde han ha blivit genomskådad så lätt? Hur kunde Ledaren se rakt genom honom, läsa honom som om han var en bok? Tanken på attentatet var fortfarande närvarande, men nu kändes den som en illavarslande skugga, förtryckt men allomfattande.

Ledaren fortsatte: "Det är klart att du tvivlar. Du har alltid varit lojal, alltid varit min lärjunge. Men nu är du inte längre en enkel åskådare. Du har blivit en del av min vision, en del av den makt vi skapar här. Och så som jag alltid har gjort, jag ger dig ett val."

Lärjungen kände hur hans hjärta slog hårdare i bröstet. Varför kände han sig inte fri? Varför var det som om han var fångad i ett nät han själv inte kunde se? Det var som om hela hans liv, alla hans beslut, nu var ingenting mer än ett spel. Och Ledaren, hans mästare, var spelmästaren.

"Testet," sa Ledaren, och hans ögon glittrade med en skärpa som fick Lärjungen att tveka. "Jag vet att du har funderat på att döda mig. Jag har känt det, som en aning i luften. Du tror att du gör det för att rädda mig, för att rädda världen från det som jag har blivit. Men vad du inte förstår, min vän, är att detta är just vad jag har förutsett. Detta är din sista prövning."

Lärjungen var helt stilla, men hans tankar rasade. Han var inte längre säker på sig själv. Var han verkligen här för att rädda världen, eller för att han inte kunde stå emot Ledarens vilja längre? Tårarna trängde sig på, men han bet ihop. Denna inre konflikt – denna smärta – var precis det Ledaren ville.

"Du kommer inte att döda mig," sa Ledaren och steg närmare honom. "Inte för att du inte vill, utan för att du förstår att du inte kan. För att du har nått en punkt där du inser att om du gör det, så förlorar du dig själv. Och utan mig, utan oss, vem skulle du vara då? Ett namn i glömskan? Ett spår i sanden som försvinner när vinden blåser?"

Ledaren log ett fånigt, nästan barnsligt leende. "Nej, min vän. Du kommer inte att döda mig. Du kommer att omfamna mig. Du kommer att följa mig till slutet."

Det var då han insåg sanningen. Det var inte ett test på hans lojalitet som Ledaren ställde honom inför – det var ett test på hans överlevnad. Han hade trott att han hade makten, att han var den som höll i trådarna, men här var han bara en spelbricka på ett mycket större bräde. Lärjungen såg på Ledaren och insåg något skrämmande: Ledaren hade redan vunnit. Oavsett om han gjorde det han hade tänkt, eller inte, hade Ledaren redan kontrollerat honom. Han var fast i hans nät.

Och just när han trodde att han skulle brytas ner, att han inte hade något kvar, kände han den sista lilla gnistan av vilja brinna till liv. Han skulle inte ge Ledaren den tillfredsställelsen, han skulle inte låta honom vinna så lätt.

Det var inte Ledaren som testade honom. Det var han som hade testat Ledaren hela tiden.

Lärjungen drog ett djupt andetag. "Jag kommer inte att döda dig", sade han, och hans röst var starkare än han trott. "Men jag kommer att överleva." Och med de orden, visste han att han precis hade startat en kamp som inte skulle sluta förrän han hade fått det han ville; Frihet.

FEMTON

Kriget och Stormens Ankomst

Världen exploderade i eld och förstörelse, och inget skulle längre vara sig likt.

Det var som om hela mänskligheten hade stått på en tunn lina i åratal, och nu, utan varning, föll den. En våg av våld och kaos svepte över världen – ett krig som inte var som något tidigare, för det var inte bara en konflikt mellan nationer. Det var en konflikt för själva människans existens. Och mitt i detta inferno stod han, Ledaren, som en obeveklig symbol för något större – eller kanske för något mycket mer förödande.

Skapad genom sin egen vilja att manipulera, att styra, hade Ledaren inte bara blivit en politisk kraft. Han var nu en ideologisk storm. Världen såg på honom som deras frälsare, deras sista hopp om att undvika undergång. Men samtidigt var han också en orubblig makt som drev sina visioner genom eld och blod. Hans förutsägelser om världens kollaps var inte längre bara orakelsägningar – de var verklighet. De var det sista desperata skriket från en civilisation som var på väg att brista.

Bombningar, missiler, skakande mark – hela kontinenter låg i spillror, och mitt i denna förödelse stod människorna, förlorade och rädda, i en mörk förtvivlan. Överlevande samlades i ruiner, inte bara för att fly undan kriget, men också för att söka skydd i det enda ljuset de hade kvar; Ledaren. Det var hans löften, hans röst, som var den sista trösten. Hans anhängare trodde att det var han som hade räddat dem från den totala undergången, att han var den som skulle leda dem till en ny värld – även om denna nya värld byggdes på aska och förtvivlan.

Men inte alla såg på honom som deras räddning.

Lärjungen, nu mer än bara en åskådare, kände sig som en fånge i sitt eget sinne. Hans egna visioner, hans egna planer, var nu en dimma. Hur hade allt blivit så här? Hur hade han, som en gång stått i mörkret med en vilja att bryta sig fri från Ledarens grepp, hamnat här? Han såg på de sönderrivna landskapen omkring sig, på den blodiga jorden som markerade gränserna för hans egna förlorade hopp.

Kriget var inte längre bara en yttre konflikt. Det var en inre storm också, som slog mot alla som hade gett sig själva till Ledaren och hans tro. Allt de hade känt sig säkra på, varje fundament i deras världsbild, hade exploderat i en pyrrhisk seger för den som skulle leda dem. Men nu, i denna grymma verklighet, såg Lärjungen vad som egentligen stod på spel; inte bara överlevnad, utan förlorade själar.

Stormen rullade in från alla sidor, och världen som en gång varit känd för sin ordning och stabilitet var nu en plats av kaos. Städer låg i ruiner, förlorade för alltid, medan havet svallade av krigets vågor och blodspillans mörka skepnad. Bombplanen låg lågt på den rökiga himlen, och ljudet av missiler som dundrade genom luften var det enda som hördes. I denna apokalyptiska storm fanns det en sak som var säker; ingen kunde undkomma. Och medan världen brann, var det Ledaren som stod som den sista överlevaren, den som trott sig kunna bygga en ny värld på de förlorade.

Men det var inte bara hans trogna som såg honom som en frälsare. Mörka krafter från de mest oväntade håll började att samlas, hotade att riva bort honom från sin tron. Och där, mitt i den förlorade världen, när ljudet av död och förstörelse var det enda som fanns kvar, insåg Lärjungen att stormen var på väg att ta även honom – att den också skulle ta Ledaren. Och i det ögonblicket visste han; en ny och ännu grymmare kraft hade vuxit fram.

Så när världen exploderade, när allting som varit stabilt krossades under krigets vingslag, var det inte bara den fysiska förstörelsen som gjorde mest ont. Det var den förlorade tron på Ledaren. Och för första gången kände Lärjungen att han var fri att agera, inte längre bunden av någon tro, inte längre slav under det falska hoppet han en gång gav allt för att skydda.

Kriget var bara början.

Ledaren stod på sin plats – på toppen av världen som han själv hade skapat, överskådande det kaos han trott sig kunna kontrollera. Stormen var här, och han trodde att han styrde den.

Runt honom rasade världen, men för honom var det inte längre bara en katastrof. Det var ett test. Hans test.

Ett test på hans makt, hans intelligens, hans förmåga att manipulera och leda. Stormen var inget annat än en manifestation av hans vision. Han hade förutsett detta. Han hade förberett sig på detta ögonblick hela sitt liv. Och nu var han här, på toppen, mitt i det som skulle bli en ny värld – en värld formad av hans vilja.

Med varje smäll, varje explosion, varje skräckinjagande åska från det brutna samhället utanför, kände han en underlig tillfredsställelse. Det var han som hade skapat denna förstörelse, även om han hade använt andra händer för att utföra jobbet. Det var han som hade predikat om förändringens kraft och nu såg han den i sin fulla, fruktansvärda glans. Makt genom förstörelse. För att återskapa ordning måste den gamla världen brytas sönder.

Hans ögon blickade ut mot den förvridna horisonten, där eldar brann och dyster rök fyllde luften. Han såg en förlorad värld som brann, men det var inte ångest han kände. Inte rädsla. Inte sorg. Det var en känsla av total kontroll. Detta var precis som han hade planerat. Och han skulle inte låta någon få honom att tro något annat.

De andra, hans närmaste anhängare, såg honom som en gud. De såg på honom med den rädsla och tillbedjan som en troende ser på sin frälsare. Och han kunde känna deras dyrkan, deras förväntningar. De såg honom som den som skulle styra stormen, som den som skulle föra dem ut ur förödelsen och till en ny era. De trodde på hans ord. De trodde på hans makt. Och det var just det som gjorde honom farlig – hans förmåga att få andra att tro på hans egen tro, på hans egen överlägsenhet.

Men mitt i all denna kontroll, den makt han kände strömma genom varje fiber i sin kropp, började ett tvivel växa inom honom. En skugga av oro som han inte kunde skaka av sig. Han hade alltid varit den som förutsett framtiden, den som styrde sina egna öden – men nu, när kriget var i full gång och världen föll samman på alla håll, kände han för första gången en svaghet. Var det han som styrde stormen – eller var det stormen som styrde honom?

Hans tankar sköljde över honom som en kall, obehaglig flod. För första gången såg han inte bara världen som något han kunde forma, utan också som något som var bortom hans kontroll. Det var en verklighet han hade blundat för under så lång tid – att även han, Ledaren, kanske inte var så osårbar som han trott.

Och i samma stund som han stängde av den osäkra känslan, förstod han något annat: Stormen, denna världens ödeläggande kraft, var inte bara en fysisk närvaro. Den var också en symbol. Den representerade den överväldigande kraften i hans egna synder, i hans vilja att härska och tvinga världen till förändring. Och nu, när stormen var här, var han både dess skapare och dess offer.

Men han skulle inte låta sig svepas med. Inte nu. För även om han tvivlade, även om han kände stormens bett, visste han också att hans enda chans var att hålla fast vid illusionen av kontroll. Om han kunde få alla att tro att han fortfarande var den som styrde, då skulle han vara det.

Så han stod där, högt över det brinnande kaoset, och förberedde sig på att tala till sina trogna. Hans ord skulle vara som en fyr i natten, och han skulle se till att ingen kunde se det som låg dolt bakom hans mask.

För Ledaren visste en sak: om han inte styrde stormen, skulle stormen förgöra honom. Och han var inte beredd att ge upp sin makt, inte nu när han var så nära att få allt han någonsin velat.

Ledaren stod på sin tron, högre än någon annan, men för första gången kände han en kall kittling i nacken. Han hade alltid trott att han var den som formade världen omkring sig, den som styrde de händelser som skakade det globala landskapet. Han var mannen som såg in i framtiden, den som alltid hade rätt. Hans makt var hans identitet. Ingen hade någonsin ifrågasatt hans vilja. Men nu, mitt i stormen, började en obehaglig insikt växa inom honom. Det var inte han som höll i tyglarna. Det var stormen.

Världen runt honom var i kaos. Explosionsljuden ekade genom natten, och stadens konturer förlorades i rök och eld. Den globala ekonomin hade kollapsat som ett korthus, och nationerna var i krig. Människor dödades för deras lojaliteter, för sina föreställningar om vad som var rätt. Och mitt i denna förödelse stod han – Ledaren, den som hade sagt att han var här för att rädda världen, för att omforma det förlorade.

Men i varje explosion han hörde, i varje brinnande byggnad han såg, kände han en ny sorts skräck. Det var som om världen inte längre kunde kontrolleras, som om han hade släppt lös något som nu var utom hans räckhåll. Han hade förespråkat förändring, men han hade inte förutsett förändringens brutalitet. Det var inte längre hans vilja som härskade – det var stormen.

Stormen av kaos som han själv hade släppt lös, och nu var det denna storm som styrde honom.

Han vände sig mot sina närmaste anhängare, men deras blickar var tomma. De såg på honom som på en frälsare, men även de kunde känna det. Denna förödelse var inte längre en väg till den nya världen han hade lovat. Det var en vild, oförutsägbar kraft. En kraft som inte lyssnade på hans ord.

Ledaren kände hur hans själ knöt sig, hur han började tappa greppet. Hela hans liv hade varit byggt på kontroll, på att vara den som pekade vägen. Och nu, när han stod mitt i stormens epicentrum, insåg han att han inte hade kontroll över någonting. Hans makt var inte längre hans egen. Den var stormens. Den var orubblig, ogenomtränglig, och hade sin egen rytm.

Och ändå kämpade han. Han kämpade med varje fiber i kroppen för att hålla fast vid illusionen av makt. För om han släppte taget om den, om han erkände att han inte längre styrde – vad skulle bli kvar av honom? Vad skulle bli kvar av hans arv? Hans trogna anhängare hade alltid sett honom som en gudomlig figur, en man som var större än livet självt. Men om han erkände sin svaghet, om han erkände att han var lika liten som alla andra, skulle han förlora allt. Han skulle inte bara förlora makten – han skulle förlora sig själv.

En kall rysning gick genom honom. Det var nu han förstod – stormen var inte bara en fysisk kraft. Den var en symbol för hans egna inre demoner, för den oändliga jakten på makt och kontroll. Det var hans girighet, hans narcissism, som hade fött denna storm. Och nu, när den var här, var han fångad i dess öga. Han såg förödelsen runt sig, såg hur världen föll isär på alla fronter. Och mitt i kaoset kände han sin egen hjälplöshet. För första gången i sitt liv var han inte längre Ledaren. Han var bara en människa, sårbar och liten, fångad i sin egen skapelse.

Han höll fast vid sitt tal, vid sina löften, men i hans inre kämpade han med den överväldigande känslan av att han inte längre kunde kontrollera något. Hans egna ord ekade i hans huvud, men de lät tomma, som ett eko från en annan tid. Hans trogna följare såg honom fortfarande som deras frälsare, deras räddning, men han visste att det var för sent. Stormen var inte bara utanför honom – den var i honom, och nu var det för sent att stoppa den.

Ledaren stirrade ut mot det brinnande landskapet, hans hjärta fylldes av en fruktansvärd insikt. Han hade inte bara släppt lös världens undergång – han hade släppt lös sin egen. Och stormen, denna förödande kraft, skulle inte stoppa förrän han var förlorad, för alltid.

SEXTON

Barndomsåterblick – Den Förlorade Själen

Han står där, som ett barn på en främmande plats, och stirrar på världen som om den inte tillhör honom. Det är en plats han inte längre känner igen, ett rum i hans barndom som nu är överväxt av mörka skuggor. Det var på en sådan plats, i det där kalla rummet vid fönstret, som han förlorade något. Inte bara sin barndom, utan också sin förmåga att känna sig hel.

Snön föll tungt, ett evigt flöde av vita flingor som fångade allt ljus och tystade världen. Det var en morgon, tidig och grå, när han satt där, vid fönstret i sitt rum, som om han väntade på något. Han vet inte vad. Kanske var det värme. Kanske var det tröst. Eller kanske var det bara någon som såg honom. För där, i det tysta rummet, fanns ingen annan. Bara han och hans tankar. Och ingen av dem var vänliga.

Han minns den tomheten, en sådan som är omöjlig att beskriva för någon som inte har känt den. Det var inte bara ensamt. Det var som om han var förlorad i ett vakuum, där varje andetag kändes som ett eko av något han aldrig riktigt kunde fånga. Och den där tomheten var inte bara frånvaro av andra. Det var en känsla av att vara osynlig, som om världen helt hade glömt honom. Inte för att han inte var där, utan för att ingen såg honom. Hans far var upptagen med sina egna drömmar, och hans mor var en skugga som gled förbi utan att lämna ett spår.

I det ögonblicket, där han satt i sitt lilla rum och tittade ut på snön som föll, förstod han för första gången vad ensamhet verkligen var. Det var inte att bara vara utan någon. Det var att vara osynlig för hela världen. Att vara den där osynliga gestalten i rummet som ingen ville erkänna. Och i den insikten, i det ögonblicket av oförmåga att nå ut, var det som om något brast. Han var inte bara ensam. Han var förlorad.

Det var just där, i den lilla barndomens vrå, som hans största rädsla fick fäste. Han var förlorad i den här världen, ja, men det var något mycket värre än så. Han hade inte bara förlorat sin plats – han hade förlorat sig själv. Och det var den förlusten som genomsyrade hans barndom. Den rädslan, den djupa och bitande känslan av att vara bortglömd, var det som låg som en mörk dimma över honom under alla år som följde.

Ensamheten var inte längre bara en yttre omständighet. Det var en del av honom. Det var den där kalla känslan av att vara osynlig, inte bara för de som fanns omkring honom, utan för hela världen. Det var som om han var fångad i en sfär där ingen kunde nå honom, där ingen ens visste att han fanns. Denna rädsla för att förlora sig själv helt – för att förbli osedd, för alltid – var som ett osynligt band runt hans bröst.

När han tänker tillbaka på den där morgonen, där han stirrade ut genom fönstret, förstår han nu att den stunden var hans första konfrontation med sin egen existens. Hans rädsla för att vara ensam började där, inte bara för att han var utan sällskap, utan för att han var utan bekräftelse. Och i det ögonblicket av förståelse såg han världen genom en annan lins. Han var inte bara osynlig för andra – han var på väg att bli osynlig för sig själv. Och den tanken, den förskräckliga insikten, var något han aldrig skulle kunna skaka av sig.

Hans far, som var som en dimma av obemärkta ord och otillräckliga gester. Hans mor, som försvann i sitt tysta rum, som ett minne av något förlorat. Han var inte en del av deras värld. Han var bara en skepnad som rörde sig bland dem utan att lämna något spår. Och den förlorade känslan, det var det som gnagde i honom. Det var här, i den tystnaden, som hans rädsla för ensamhet började växa.

Det var en rädsla som aldrig skulle lämna honom. Den formade honom, och drev honom till att bygga en värld där han inte skulle vara osynlig, där han skulle vara någon som inte kunde förbises. Men den rädslan, den var också hans största fängelse. För även om han kunde skapa en värld där andra var tvungna att se honom, skulle han för alltid vara fångad i tanken på att vara förlorad. Och det var den rädsla som började där, i den där kalla barndomsstunden vid fönstret, som han aldrig skulle kunna befria sig från.

Del III: Uppståndelsen

"Han skall se världen falla, och i dess aska tro sig finna evigt liv."

SJUTTON

Det sista ögonblicket

Han står där.

Det som en gång var hans rike ligger i spillror omkring honom. Skyskrapornas brutna silhuetter river upp himlen, svarta mot en rödaktig horisont. Aska virvlar genom luften, fångas av vinden och dalar långsamt ner över gator som aldrig mer kommer fyllas av liv. Det är en död stad. Ett begravningsmärke över något som en gång existerade – och sedan försvann.

Hans händer är stilla vid sidorna, knutna till nävar utan att han tänker på det. Det är en vana nu, en reflex, som om kroppen själv minns strider han inte längre kan räkna. Men det finns ingen kvar att slåss mot. Ingen att dominera. Ingen att segra över.

Bara ekon.

Han går framåt, sakta, låter blicken svepa över de tysta ruinerna. En del av honom söker fortfarande. En del av honom hoppas. Men han vet. Han vet att det är förgäves.

De är borta.

Han sänker huvudet, känner vinden röra vid hans hud som en kall hand. För första gången på länge känns han trött. Inte fysiskt, inte som efter en strid, utan djupare. Trött på ett sätt som inte kan sovas bort. Det är en utmattning som sipprat in i hans själ, som har ätit sig fast där, växt likt en parasit under alla dessa år.

Han minns.

Hur det började. Hur han byggde. Hur han kämpade. Hur han höll fast vid makten med en järnhand, inte för att han ville ha den – utan för att han var rädd att förlora allt. Rädd att bli den lilla pojken igen, den som satt ensam vid fönstret och såg snön falla. Rädd att tvingas tillbaka till det ögonblicket där han insåg att han var osynlig.

Men nu, när allt ligger i ruiner, förstår han något.

Han förlorade aldrig sitt rike.

Han var aldrig en härskare.

Han var alltid ensam.

Ruinerna är bara en reflektion av det han alltid varit. En spegelbild av en själ som redan från början var tom. Och kanske var det oundvikligt. Kanske var detta den enda möjliga slutstationen.

Han sluter ögonen. Andas in den kalla, brända luften.

Det sista ögonblicket närmar sig.

Och han vet inte om han ska välkomna det – eller frukta det.

Vinden har mojnat. Luften är stilla, som om världen själv håller andan.

Han står mitt i förödelsen, ensam i vad som en gång var hans rike. Spillrorna av hans storhet ligger strödda omkring honom – brutna torn, sönderslagna monument, ekon av en makt som nu är borta. Aska virvlar långsamt runt hans fötter.

Hans blick är tom. Inte av sorg. Inte av ilska. Bara av insikt.

Han höjer handen och låter fingrarna glida över en sprucken pelare. Marmor, en gång bländande vit, nu nedfläckad av sot och blod. Han minns när den restes, minns stoltheten i att bygga något bestående. Något odödligt. Men inget var odödligt. Inte ens han.

Hans läppar rör sig knappt när orden lämnar honom.

"Detta var oundvikligt. Det är meningen."

Hans egen röst ekar mellan ruinerna. Ingen svarar. Ingen finns kvar att lyssna.

Och ändå... känns det rätt.

Han ser ut över staden. Ser på dess lik, de tysta resterna av det som en gång var liv, rörelse, syfte. Han har kämpat så länge, hållit fast så hårt vid sin makt, vid sin vision. Men i slutändan fanns det inget annat slut. Allt han skapat var byggt på en grund av rädsla. Rädsla för ensamheten, för osynligheten, för tomheten inom honom.

Han tar ett djupt andetag. Det smakar damm och nederlag.

Men det finns ingen ånger.

Kanske fanns det aldrig någon annan väg. Kanske var allt detta skrivet i hans öde långt innan han själv insåg det.

Hans händer slappnar av. Han lyfter blicken mot den bleka himlen.

För första gången på länge känner han ingenting.

Och kanske... kanske är det just det som är meningen.

ARTON

Hans sista tal

Himlen brinner.

Det börjar som ett dovt muller i fjärran, en vibration i marken som sprider sig genom de spruckna gatorna. Sedan kommer ljusskenen – bländande, obarmhärtiga. Explosionerna river genom ruinerna, förvandlar det sista av hans rike till aska.

Men han rör sig inte.

Han står högt ovanför förödelsen, på trappan till sitt fallna palats. Bakom honom, en gång en plats för makt och visioner, nu bara ett skelett av vad det varit. Framför honom – tomheten. Ett folk som redan har dömt honom. En värld som väntar på hans sista ord.

Hans röst bryter genom ljudet av explosionerna. Stark, klar, oförsonlig.

"Ni trodde att ni kunde stoppa mig. Att detta skulle bli mitt slut. Men ni förstår ingenting."

Hans blick sveper över spillrorna, över de som fortfarande lyssnar, de som gömmer sig i skuggorna och håller andan.

"Jag var aldrig bara en man. Jag var en idé. En sanning som ni fruktade."

Tryckvågen från en ny explosion får luften att darra, men han står orörlig. Hettan slickar hans ansikte, men han blinkar inte.

"Ni kan förgöra mig, ni kan jämna mitt rike med marken. Men ni kan inte radera det jag har skapat. Min röst kommer eka genom historien. Mina ord kommer leva vidare i er. I era barn. I era drömmar och era mardrömmar."

Himlen rämnar. Byggnader störtar, eldslågor slickar natten. Skriken blandas med ljudet av kriget, men hans röst förblir oberörd.

"Och när askan har lagt sig, när ni tror att ni har vunnit – då kommer ni förstå."

Han ler. Ett kallt, obevekligt leende.

"Jag var aldrig ensam i det här. Jag var bara den första."

Sedan slås himlen sönder. Ljuset slukar honom. Och världen, som den en gång var, upphör att existera.

Röken ligger tjock över ruinerna. Eldar flammar i fjärran, kastar långa skuggor över det som en gång var en stad. Mörkret och lågorna leker över hans ansikte, får honom att se ut som något mer än mänskligt. Något odödligt.

Han står på den sista plattformen, omgiven av de sista överlevande. Ögon som stirrar på honom, fyllda av fruktan, hat – och något annat. Något de inte vill erkänna.

Hopp.

Han höjer handen. Tystnaden är total. Inte ens bomberna som faller i fjärran kan bryta den. Inte nu. Inte i detta ögonblick.

"Ni trodde att ni kunde släcka mig," säger han långsamt, och rösten bär genom ruinerna. "Att ni kunde krossa mitt arv, utplåna det jag byggt. Men ni glömde en sak."

Hans ögon glöder i skuggorna.

"Jag är inte en man. Jag är en idé. Och idéer dör aldrig."

Någon snyftar lågt. Andra står orörliga, fasthållna av hans ord, av kraften i hans röst.

"Det ni ser här, detta fall, denna aska – det är bara en parentes." Han ler, och leendet är inte triumfatoriskt. Det är något annat. Något mycket värre. "Jag kommer tillbaka."

Det är inget hot. Inget löfte. Det är en obönhörlig sanning.

"Inte i dag. Kanske inte i morgon. Men jag kommer att resa mig ur denna grav ni grävt åt mig."

Lågorna vrålar, vinden tjuter genom ruinerna. Hans kavaj fladdrar, som en skugga av något större än honom själv.

"Och när jag gör det," säger han och lutar sig framåt, "ska jag inte behöva jaga er."

Han låter orden sjunka in.

"Ni kommer att söka upp mig."

Lågorna slukar scenen. Silhuetten av honom suddas ut, men hans ord stannar kvar. Genom dammet, genom mörkret, genom rädslan som ingen av dem någonsin kommer att kunna fly ifrån.

N I T T O N

Döden & Upphöjelsen

Det börjar med ljuset.

Inte det ljus han förväntat sig – inget varmt sken, ingen förlåtande gryning. Nej. Det är ett skarpt, vitt ljus som skär genom hans sinnen, som ristar sig in i hans hjärna som eld mot kött. Världen omkring honom suddas ut. Ljuden dämpas. Det finns bara hans andetag, långsammare nu, och känslan av blodet som lämnar hans kropp i tunga, pulserande vågor.

Han ligger på marken. Känner den kalla stenen under sina fingrar, känner hur livet sipprar ut, men han är inte rädd. Han har aldrig varit rädd. Inte ens nu, när kroppen sviker honom, när hjärtat slår sina sista slag.

Det var alltid meningen att det skulle sluta så här.

Han ser upp mot himlen, eller det som finns kvar av den. Rök. Aska. Skuggorna av det han byggt, det han krossat. Och han undrar – var det värt det?

Långsamt, med det lilla som finns kvar av hans styrka, ler han.

Ja.

De trodde att de kunde ta ifrån honom allt. Hans makt, hans ord, hans existens. Men de förstod aldrig. Han var aldrig bara en man. Han var aldrig bara kött och blod. Han var något mer.

Och just därför kan han inte dö.

Hans andning blir ytligare. Hans ögonlock fladdrar. Kylan tar över, som en skugga som sveper in honom, smeker hans kinder som en älskande.

Men precis innan det sista mörkret sluter sig om honom, innan han lämnar den här världen –

– hör han röster.

Inte från de levande. Inte från de döda.

Från något större. Något bortom.

Och han förstår.

Detta är inte slutet.

Det är början.

Först är det stillheten.

En djup, kvävande tystnad där tiden inte längre existerar. Ingen smärta. Inga slag av ett bultande hjärta. Bara tomhet.

Sedan – rörelse.

Det är som att något drar honom uppåt, bortom kroppen som en gång var hans. Han känner inte längre dess tyngd, dess gränser. Bara en svävande lätthet, som en rök som lösgör sig från elden.

Jorden bleknar under honom. Ruinerna av det han skapat och förlorat sjunker undan, människor reduceras till skuggor som rör sig genom dammet. Han ser dem, men de ser inte honom. Inte längre.

Men han finns där.

Hans medvetande sträcker sig över städer och hav, genom stormar och mörker. Han är överallt. Och ju högre han stiger, desto mer ser han. Allt.

Deras rädslor. Deras lögner. Deras svaga, desperata böner.

Han hör dem viska hans namn. Inte med hat. Inte med kärlek. Med något större. Något djupare.

Fruktan.

Och det får honom att le.

De trodde att de kunde utplåna honom, att han skulle dö som en man och försvinna i historien som en fotnot. Men han var aldrig bara en man. Han var en idé, en kraft, en skugga som aldrig riktigt kunde släckas.

Och nu, i denna gränslösa existens, inser han sanningen.

Han har inte förlorat.

Han har transcenderat.

Han ser världen en sista gång innan han lämnar den bakom sig. Ser den som en plats av kaos och svaghet, en plats som ännu inte förtjänar honom.

Men en dag…

En dag ska han återvända.

TJUGO

Andens resa

Mörkret är oändligt.

Hans kropp är borta, reducerad till aska i en värld som redan glömt honom. Men han existerar fortfarande. Inte som kött och blod, inte som en man av makt och vilja – utan som något annat. Något större.

Han svävar genom skuggorna, genom det stumma tomrummet där tiden inte längre har någon mening. Han känner ingen kyla, ingen smärta, bara en obeveklig drivkraft – en hunger som inte går att stilla.

De andra måste finnas här någonstans. De som gått före honom. De som fallit i hans namn, som trott på hans vision, som gett sina liv för att världen skulle formas efter hans vilja.

Men var är de?

Han rör sig genom lagren av verklighet, genom ett hav av viskningar och suddiga minnen. Skuggor av själar flyter omkring, fast i evigt sökande, men ingen av dem är de han söker. De är svaga, trasiga, ofullständiga. Spillror av vad de en gång var.

Det är inte dem han vill ha.

Han vill ha dem som fortfarande minns. De som fortfarande viskar hans namn i det svarta. De som väntar på honom.

Och så – en röst.

Låg. Svag.

Men bekant.

Han stannar, låter sin närvaro veckla ut sig som en skugga genom tomheten. Väntar.

Rösten viskar igen, närmare nu. En puls av energi, av minnen. Han sträcker sig, drar i trådarna av det som en gång var, låter dem slingra sig runt honom.

De ser honom.

Och han vet – han är inte ensam längre.

Han svävar.

Tomheten runt honom är tyst och väldig, som en uråldrig dröm han inte kan vakna ur. Tyngden av en förlorad värld lämnar honom obevekligt – han är inte längre bunden till kött och blod. Inte längre en man av jord. Han är något annat nu. Något större.

Och han vet att de väntar på honom.

Hans familj. De utvalda.

De som följde honom, trodde på honom, offrade allt för den sanning han en gång visade dem. De måste finnas här, någonstans bortom det svarta, bortom gränsen av denna nya existens.

Han sträcker ut sin vilja, letar efter deras närvaro i tomrummet.

Men det är ingenting där.

Bara skuggor. Bara ekon av röster som aldrig var hans.

Han kallar på dem. Först tyst, som en viskning. Sedan starkare, ett kommando. Till slut ett vrål av ren vilja, så kraftfullt att mörkret runt honom tycks skälva.

Men inget svar.

Han dröjer kvar i det stilla, kalla intet. Väntar. Väntar.

Det kan inte vara så här. De kan inte ha övergett honom.

En tanke smyger sig in i hans medvetande, obeveklig som en iskall hand mot hans själ;

De var aldrig här.

Och för första gången, sedan han lämnade världen bakom sig, inser han den sanna betydelsen av ensamhet.

TJUGOETT

Den eviga natten

Mörkret är oändligt.

Inte ett sådant mörker som gömmer sig i skuggor, inte nattens lugna, skyddande slöja. Detta är något annat. En frånvaro. En existens utan form, utan tid, utan mening.

Och han är ensam i det.

Han svävar, eller kanske faller. Det finns ingen riktning här, inget upp, inget ner. Bara ett stilla, kvävande vakuum. Hans rop har tystnat. Hans vilja har ingen makt här.

Han försöker minnas deras ansikten. De utvalda. De trogna. De som lovade att följa honom, som byggde världen tillsammans med honom. Men minnena bleknar, smälter samman till en suddig massa av röster som han inte längre kan urskilja.

Hans namn.

Vad var hans namn?

Något sliter i honom, långsamt, obevekligt. Som om själva tomheten gnager på hans själ, bryter ner den, fragment för fragment. Det finns inget att hålla fast vid. Ingen att spegla sig i. Inget som bekräftar att han någonsin funnits.

Han söker efter ljus. Efter röster. Efter en känsla av något, vad som helst, som kan bryta denna totala stillhet.

Men det finns bara natten.

Den eviga natten.

Tomheten har inga gränser. Han svävar i mörkret, fångad i en dimension där tid inte existerar, där ekon av det förflutna försvinner innan de ens hunnit höras. Han försöker röra sig, men inser att han inte har någon kropp längre. Ingen form. Ingen tyngd.

Bara en tanke som flyter i intet.

Han var säker. Hela sitt liv hade han vetat—nej, trott—att han var mer än de andra. Att han var utvald. Profetian, makten, de som följde honom med blind tro, de som offrade sina liv i hans namn. Alla dessa bevis, alla dessa själar som lagt sina öden i hans händer... Det kunde inte vara förgäves.

Men här, i den eviga natten, existerar inga titlar. Inga lärjungar, inga monument, inga viskningar om hans storhet. Här är han inget annat än en tanke i ett vakuum.

Och så kommer insikten.

Kall, skoningslös.

Han var aldrig en Gud.

Bara en man. Bara ett liv. Bara en illusion som hölls vid liv av andras tro. Och nu, när allt har fallit, när världen har upphört att viska hans namn, är han lika förlorad som de han en gång såg ner på.

Ingen väntar på honom. Ingen ropar. Ingen skapar en ny värld för honom att stiga upp i.

Han ville bli odödlig. Han ville stiga över mänskligheten.

Men han föll.

Och i den eviga natten finns inget att hålla sig fast vid.

TJUGOTVÅ

Det sista minnet

Mörkret viskar. Inte ord, inte röster, utan känslor. En kyla som kryper genom det han en gång kallade sin själ, ett tryck mot bröstet, som om något osynligt håller honom fast i det eviga ingentinget. Och plötsligt – minnet.

Han vet inte om han väljer det, eller om det väljer honom.

Han är ett barn igen. En liten pojke i ett kallt rum. Tapeterna är slitna, färgen flagnar. Golvet knarrar när han rör sig, men det är det enda ljudet. Ingen ropar hans namn. Ingen letar efter honom.

Han minns det nu.

Det var kvällen hans far inte kom hem. Kvällen hans mor satt vid köksbordet, stirrade på ingenting. Han hade frågat henne något – han minns inte vad – men hon hade inte svarat. Hennes ögon var glasartade, som om hon såg rakt igenom honom.

Så han hade gått till sitt rum, dragit benen mot bröstet och väntat. Väntat på att någon skulle öppna dörren, säga hans namn, bekräfta att han fanns.

Men ingen kom.

Timmarna gick. Mörkret sänkte sig. Väggarna kröp närmare. Och han förstod, med barnets grymma, obönhörliga logik, att han var ensam.

Inte bara just då.

Alltid.

Han minns andningen – hans egen, snabb och ytlig. Minns hur han tryckte naglarna mot handflatorna, försökte känna något annat än den svindlande tomheten i magen. Minns den svarta, kalla tanken som formades i hans huvud, den han aldrig vågade uttala högt.

Kanske fanns han inte på riktigt.

Och nu, i den eviga natten, inser han att den tanken aldrig lämnade honom. Den blev en skugga som följde honom genom åren, formade honom, drev honom. Han byggde sitt liv på en lögn – idén att han kunde fly från ensamheten genom att tvinga världen att se honom.

Men nu finns det ingen värld kvar.

Och han är tillbaka i det där rummet, i det där mörkret, i den där känslan av att vara en pojke ingen ser.

Skillnaden är att nu, till slut, är det sant.

TJUGOTRE

Fördömelsen

Ljudet borde inte existera här. Inte i detta vakuum där inget har form, där tid är en slocknad stjärna och rummet sträcker sig bortom all förståelse. Men hans skrik sliter sig ändå ur honom, en trasig ton i det ändlösa mörkret.

Det börjar som ett ordlöst vrål, fött ur ren panik. Han kastar sig framåt – eller vad han tror är framåt – famlar efter något att hålla fast vid. Men det finns ingenting. Bara tomhet, oändlig och frätande.

Hans röst ekar. Inte som den gjorde i ruinerna av hans rike, när han ropade efter sitt folk och bara vinden svarade. Inte som i barndomens tysta rum, där hans rop kvävdes av väggarna. Detta är något annat. Det är som om evigheten själv hånar honom, kastar tillbaka hans skrik i en ton som inte längre är hans egen.

"ÄR DET SÅ HÄR DET SLUTAR?"

Hans röst är sprucken, desperat, men ingen svarar.

Han försöker igen. Ropar deras namn – de utvalda, de trogna, de som borde ha väntat på honom bortom döden. De han lovades.

Men evigheten är döv.

Han blundar, försöker minnas en annan känsla än skräck. Något att hålla fast vid. Hans stolthet. Hans makt. Hans arv.

Men ingenting av det finns kvar.

Allt han någonsin byggt, allt han kämpat för att undkomma – det betyder ingenting nu.

Han inser det långsamt, som en kniv som sakta vrids i hans inre.

Han är inte en Gud. Han var aldrig en Gud.

Och nu finns det ingenting kvar att frukta – utom evigheten själv.

TJUGOFYRA

"Var är ni?"

Hans röst är trasig nu. Upprepningarna har slitit den sönder, som en gammal inspelning spelad för länge, för högt.

"Var är ni?"

Orden sväljs av mörkret. Ingen resonans, inget eko. Bara en tystnad så kompakt att den känns levande, som om den andas, som om den väntar.

Han försöker intala sig själv att detta är ännu en prövning. En illusion. Ett sista test innan han återförenas med de sina. Men en gnagande insikt har börjat smyga sig på honom, en kylig, obarmhärtig sanning som inte längre kan förnekas.

Han är ensam.

Fullständigt, oåterkalleligt ensam.

De han väntade sig att möta – de som följde honom, de som dyrkade honom, de som dog för honom – de är inte här. De finns ingenstans.

Han försöker minnas deras ansikten, men konturerna suddas ut. Namnen förlorar sin skärpa. De är skuggor nu, upplösta i det tomma.

"Var är ni?"

Hans viskning spricker i en tystnad som aldrig kommer att brytas.

Och till slut förstår han.

Det finns inget svar. Det har aldrig funnits ett svar. Bara han. Bara evigheten. Bara tomheten som väntat på honom hela tiden.

TJUGOFEM

Tystnad

Allt är stilla nu.

Han svävar i mörkret, men det finns ingen rörelse. Inget upp, inget ner. Bara en orubblig tomhet som sträcker sig i alla riktningar, utan början, utan slut.

Tid har upphört att existera. Han vet inte hur länge han har varit här – sekunder, århundraden, kanske hela evigheter. Men det spelar ingen roll. Inget spelar längre någon roll.

Hans tankar har skingrats, hans minnen urvattnade till bleka skuggor. Alla de ansikten han en gång känt, alla de röster han en gång hört – borta. Det finns inget kvar att hålla fast vid.

Förutom en sista insikt.

Den sjunker sakta genom honom, en kall, slutgiltig sanning som han inte längre kan fly ifrån.

Han var aldrig utvald.

Det fanns ingen profetia. Ingen gudomlig plan. Ingen stor mening bakom hans resa.

Han var bara en ensam själ som klamrade sig fast vid en lögn, en lögn som nu krossas under evighetens tyngd.

Och i det ögonblicket, när den sista biten av honom upplöses i tystnaden, förstår han.

"Han var den siste. Den siste att förstå att han aldrig var den utvalde."

Om författaren Moss Palm

I sitt författarskap utforskar Moss de existentiella frågorna om människans plats i världen, våra relationer till både oss själva och historien. Genom att skriva både skönlitterärt och essäistiskt belyser Moss samtidens komplexitet och människans sökande efter mening. Den senaste boken, *LEDAREN,* är en psykologisk thriller som gräver djupt i maktens psykologi och individens strävan efter att förstå sig själv i en värld präglad av illusioner och ensamhet.

Tidigare verk inkluderar *ÖREBRO – Genom tid och trauma,* en filosofisk essä som knyter samman historia och samtidsreflektioner, samt debutboken *Se mitt värde* (2024), en poetisk samling konst och lyrik som satte tonen för författarens tankeväckande resa. Moss nästa verk, *Elsa och utomjordingen Zog* (2024), är en barnbok som berättar om vänskap och mötet mellan två världar.

Moss Palm hyllas för sitt sätt att skapa universella berättelser som talar till både barn och vuxna. I den engelska versionen av *Elsa & Zog - A Tale of Friendship Between Worlds* beskriver en recensent berättelsen som "en vacker skildring av en vänskap över alla gränser, som uppmuntrar både unga och vuxna att omfamna det okända och fira kraften i relationer.

Moss Palm / https://x.com/Moss_Palm